Une vie dévie

Florent Tanguy

Une vie dévie

Nouvelles

LES ÉDITIONS DU NET
22, rue Édouard Nieuport 92150 Suresnes

ISBN : 978-2-312-01622-1

Avant-Propos

A l'âge qu'ont mes enfants, je n'aimais pas lire.

Un jour j'ai eu soif de mots et j'ai découvert cette source intarissable qu'est la lecture.

Aujourd'hui, je dédie ces écrits à mes trois garçons.

Ne peut-on pas y voir là aussi un pur exemple d'une vie qui dévie.

F. T

Sorcière

« Est-ce que tu es fâchée ?

– Pourquoi tu me demandes ça ? J'ai fait, en me forçant à lui sourire, en prenant un air faussement étonné, comme si la réponse ne se lisait pas d'elle-même sur mon visage.

– Je le vois bien que tu es fâchée. »

Il est vrai que j'étais fâchée. Contrariée surtout, ce qui est en matière de nos relations conjugales, il le sait, est pire que d'être fâchée.

Voilà un peu plus d'une heure qu'il était rentré, et qu'il rôdait autour de moi, guettant mes réactions et humant mon humeur. Il me parlait de choses et d'autres pour faire diversion, dénigrait son copain Bertrand, empêtré dans l'une de ses dernières frasques, il pensait que ça me ferait plaisir, alors qu'il le défendait d'habitude, ce qui a le don de m'énerver. Je faisais machinalement hum hum, je relançais parfois du bout des dents la conversation, du genre ah ?, enfournais méticuleusement un gratin au four et nettoyais plus que de raison l'évier de la cuisine. Moi aussi je faisais diversion, je m'agitais.

Que voulait-il que je lui réponde à la fin ? Sur le ton de la rigolade, que je lui dise, t'es vraiment comme tes fils, je sais de qui ils tiennent, plus têtu tu meurs ?

Oui, le fait qu'il l'ait finalement achetée sa moto, me contrariait énormément. Dans la mesure où il avait eu le tact de demander mon avis, et que je le lui avais donné, j'étais profondément attristée qu'il n'en ait pas tenu compte. Vexée, sûrement, aussi. Ce n'était pas comme si je lui avais dit, je dis ça, je dis rien, tu fais comme tu veux. Je lui avais expressément verbalisé que je ne tenais pas à ce qu'il achète de moto. J'avais bien perçu que ça le décevait, qu'il en avait envie, qu'il s'était senti comme un petit garçon à qui l'on refusait l'objet convoité. J'ai horreur qu'il me fasse jouer le rôle de la maman. Je savais que je n'avais pas usé du ton qu'il fallait, que j'avais dû encore monter sur mes grands chevaux, partir au quart de tour. Je suis trop entière, maudite hérédité maternelle. Je le connais, il s'est braqué du coup, et qui sait s'il n'a pas agi ainsi pour me faire les pieds. Comme un gosse au fond. Je n'avais pourtant même pas objecté le coût financier, je ne sais même pas combien ça coûte une moto, encore que s'il se trouvait qu'on avait de l'argent à dépenser, j'aurais autant aimé qu'il me fasse la surprise d'un grand voyage en famille cet été. Non, j'ai dû lui dire – je lui ai dit- je te rappelle que les motards sont juste la première catégorie des tués sur la route, que j'ai besoin d'un père pour mes enfants moi, pas d'un tétraplégique, au mieux, que l'on pousserait joyeusement en balades le week-end.

Il avait tout organisé derrière mon dos. Il a trouvé une vieille Harley d'occasion, chez un particulier. Il est allé la chercher dans l'après-midi, alors que ne le trouvant pas dans la maison, j'avais pensé naïvement qu'il était allé courir. La conne ! Il m'a proposé de me la montrer, dans le garage, avec plein d'excitation dans les zygomatiques qui lui ont fait palpiter ses tempes grisonnantes, et je l'ai trouvé malgré moi très séduisant. Je lui ai répondu que ça ne m'intéressait pas. Je lui ai gâché son plaisir, c'est certain, mais sans doute avait-il alors saisi que passer outre l'avis de sa femme pouvait lui coûter cher. Ça n'avait pas empêché les enfants de s'extasier et d'être tout excités par cette bête rutilante qui hantait désormais notre garage et qui une fois de plus faisait passer leur père pour un héros.

Le dimanche soir est sacré pour nous d'ordinaire. Une fois les enfants couchés, j'aime me coller à lui dans le canapé et nous regardons silencieusement le film du soir qui nous fait passer le blues de la fin de week-end. Cette fois-ci, chacun s'était réfugié dans son propre silence et avait faussement vaqué à ses occupations. Je n'avais pas envie de lui parler. Je boudais mine de rien, mais ostensiblement comme les femmes savent si bien le faire, je l'avoue. Nous avons lu un peu au lit avant d'éteindre, moi la première, lui ensuite. J'ai mis longtemps à m'endormir, agacée par le fait que lui-même n'arrivait pas à s'endormir, et par l'incessante introspection à savoir s'il était légitime ou non que je sois ainsi contrariée.

Je me souviens d'avoir eu cette mauvaise pensée, que j'assume pleinement. J'ai souhaité que Bruno ait un accident de moto, un tout petit accident de moto, de rien du tout, sans gravité, mais qui lui fasse passer l'envie sur le champ de remonter sur une moto. Ce n'était pas très chrétien, mais je l'ai pensé. Par amour, plus que par vengeance, vous l'aurez compris.

Plus qu'un souvenir, je sais que je lui ai dit, juste avant de me retourner, et de ne lui offrir que mon dos hostile, je l'ai marmonnée mais assurément l'a-t-il entendue, cette petite phrase assassine, naturellement excessive, « te souhaite d'avoir un accident avec ta moto de merde ».

Il a revendu sa moto.

Deux jours après l'avoir achetée, lors de son tout premier trajet, avant même d'arriver à son travail, Bruno a eu un accident de moto. Ce n'était même pas de sa faute, ce n'était pas par manque d'agilité, ce n'était même pas grave, pas de casse, carrosserie intacte et pour l'homme et pour sa machine, pourtant l'un a atterri à trois mètres de l'autre. Il se trouve que Bruno a eu peur, Bruno s'est fait très peur.

Je l'ai retrouvé pâle, mutique, il n'a pas donné d'explications, je n'ai pas posé de questions. Il m'a juste dit « Sorcière. », comme un clin d'œil, comme un pardon, comme un merci. Puis le malaise s'est dissipé, tout est revenu comme avant, même les enfants ont décroché leurs posters de moto sans que je ne dise quoique ce soit.

Je n'en ai retiré aucune fierté.

Mais c'est horrible, je n'arrête pas de penser, et s'il pouvait avoir un cancer, un tout petit cancer, de rien de tout, qui lui donne l'envie d'arrêter de fumer…

Le chat

A la faveur de l'automne, par une belle journée que l'on aime qualifier d'été indien, le modeste deux-pièces respire la douceur et se laisse envahir, fenêtres ouvertes, par la tiède atmosphère de la cour intérieure. Mathilde rêvasse et se prélasse dans son canapé, et offre son visage, les yeux mi-clos, à ce plaisir minuscule mais réparateur après une semaine éreintante. Berlingot, étiré de tout son long sur le plaid bariolé, semble jouir par mimétisme du même bien-être que sa maitresse. Il profite de surcroît des caresses vigoureuses que lui administre Mathilde sur le gras du ventre. « Petit bourgeois de chat de gouttière » laisse échapper Mathilde à voix haute pour se moquer des ronronnements que son colocataire tigré à moustaches ne peut contenir.

La sonnette de l'appartement retentit et brise hélas ce moment de paresse. Le chat se redresse, s'ébroue et bondit sur le rebord de la fenêtre. Tandis que Mathilde, passant les mains dans sa chevelure brune pour réajuster sa couette, se dirige vers la porte d'entrée. Elle n'a que peu de doutes sur l'objet de la visite.

« Bonjour Namir… Entrez. Pas trop lourd ? ». Mathilde est toujours gênée de voir arriver Namir, transpirant, essoufflé mais affichant le même franc sourire, alors qu'il vient de monter les cinq étages sans ascenseur pour lui livrer ses courses. Par compassion, elle engage souvent la discussion, lui propose quelque chose à boire, ou un chocolat, pour rendre ce « service compris » plus humain. Une à deux fois par semaine, elle fait un saut à la superette, la plus proche du quartier, et se fait livrer un peu plus tard à domicile par Namir. Namir est un beau marocain, affable, serviable, avec une timidité, ou une discrétion, induite sûrement par son bégaiement. Mathilde s'était laissée surprendre les premières fois, peu habituée à ce trouble de langage. Puis la voix suave de Namir et les conversations banales qu'ils entretenaient généralement avaient masqué cette gêne.

« A-a-a-alors, os os ostéo-pppathe à à à la c… carbonara ou ou ou à la la bo-bo-bolognaise, ce soir ? avait lancé Namir de ses yeux rieurs.

– Ce sera plutôt riz et saumon, pour la ligne ! » avait répondu Mathilde, notant le jeu de mot pertinent relatif à son métier.

Mathilde range ses courses, en se disant comme de coutume que la prochaine fois, elle fera plutôt la liste de ce qu'elle ne doit pas prendre. Tablettes de chocolat, bonbons acidulés et desserts à la crème défilent honteusement dans ses mains. Elle s'apprête à sortir pour le programme « samedi, c'est shopping entre amies », cherche des yeux son gros matou, et comprend rapidement que son programme à lui était certainement « samedi, souris dans Paris ». Elle laisse donc la fenêtre entre-ouverte et file.

A son retour, en fin d'après-midi, Mathilde pose ses sacs remplis de trophées dégriffés, et voit Berlingot accourir pour flairer entre les emballages si une bonne affaire le concerne. Dépité, il se replie sur le canapé où Mathilde consent à le câliner. En chatouillant le duvet soyeux du cou de Berlingot, Mathilde, surprise, remarque la présence d'un carré de papier coincé dans son collier. Le papier est quadrillé de petits carreaux, sur fond jaune. Intriguée va sans dire, elle s'en saisit et le déplie.

Mademoiselle,

J'ai une question capitale pour vous.

Rhum ?

Outre le fait qu'elle n'ait rien compris au contenu, Mathilde reste circonspecte à la lecture de ce message. Machinalement elle regarde son chat comme pour le questionner sur le pourquoi du comment, en exigeant une réponse claire et audible. Berlingot, d'un air espiègle, traduit son impuissance en rejetant sa tête en arrière sur le plaid. Mathilde ne sait si elle apprécie réellement la plaisanterie. D'abord, elle a toujours eu horreur des devinettes. Et dans le monde d'aujourd'hui, elle n'est pas très à l'aise avec les facéties d'un inconnu, qui par définition, n'ose pas se dévoiler. Sa première réaction est de tirer ses rideaux, quitte à se priver de la belle lumière du soir. L'écriture est belle, appliquée. En relisant en boucle les quelques mots tracés sur le papier, elle n'arrive pas en saisir le sens, le but, et surtout l'intention. Mademoiselle suggère que l'inconnu s'adresse bien à elle, la question capitale invoque un degré de gravité ou d'urgence. Quand à Rhum ? … Mathilde ne sait que penser. Par association d'idée subconsciente, il lui prend l'envie de se servir un verre pour se calmer, mais pas de rhum. Mathilde n'avait rien de prévu pour la soirée, et se félicite de rester chez elle. Elle réussit néanmoins à s'endormir sans trop prêter attention à cet épiphénomène qui, au final, ne devait pas la concerner.

« Il fait Dimanche », pense Mathilde à son réveil, sentant l'haleine d'une belle journée léchant les carreaux de sa chambre. Berlingot s'échappe sans autre politesse dès que Mathilde entre-ouvre la fenêtre pour aérer la pièce. Quand elle le retrouve trois-quarts d'heure plus tard, blotti au centre de la couette du lit bien fait, elle le regarde un temps du coin de l'œil et s'approche de la belle endormie. Ignorant les coups de patte d'un grincheux que l'on réveille, Mathilde se saisit vivement du bout de papier quadrillé jaune coincé dans son encolure. Ce n'est donc plus un hasard. Il suffit de deux épisodes pour faire une série. Elle déplie frileusement le carré de papier.

Mademoiselle,

Vous ne donnez pas votre langue au chat Berlingot?!

J'ai une question capitale pour vous, disais-je.

Rome ?

Bonne journée ensoleillée.

Mathilde ressent un léger malaise, surtout en lisant le nom de son chat. Cette sensation d'impuissance équivaut aux mauvais goûts des coups de fil anonymes. Pour autant, elle ne se laisse pas impressionnée. Bien que le procédé soit déstabilisant, elle ne flaire aucun danger, rien de menaçant, du moins dans l'immédiat. Mathilde peut compter sur sa force de caractère pour analyser sereinement les situations. Une jeune femme qui vit seule est habituée à se débrouiller par elle-même. Elle a déjà su recadrer fermement des patients qui prenaient l'intimité de son cabinet d'ostéopathie pour se permettre quelques familiarités déplacées. Ce qui est sûre, c'est qu'elle partagera dans son entourage l'arrivée inopinée et non moins originale de ces deux messages. Pour que ça se sache… D'un autre côté, et elle se reconnait bien là, elle ne peut pas nier une certaine part d'excitation. Le terme est peut-être un peu fort. D'amusement. De curiosité. Ce n'est pas commun qu'un chat joue les pigeons voyageurs et rapporte des énigmes lorsqu'il part se promener sur les toits de Paris. Mathilde, poursuivant des hypothèses et des scénarii dans sa tête, part, contrariée, se préparer un café dans sa cuisine. Pourquoi cette question qui revient par deux fois ?

En quoi est-elle capitale ? Et ce Rhum, transformé en Rome, qu'est-elle censée comprendre, déduire? … Tandis que les dernières gouttelettes noires s'écoulent une à une dans la cafetière dans un bruit de locomotive à vapeur, Mathilde fixe stoïque et songeuse le paquet de café San Marco figé sur le plan de travail. Soudain, ses yeux s'écarquillent, comme pour crier Eureka. « Italie ! ». La réponse à la question capitale est tout bonnement Italie, bien sûr. Rome, capitale de l'Italie !

A quoi rime ce jeu sans queue ni tête? N'y trouvant aucune explication rationnelle, Mathilde en déduit qu'il n'est donc pas sain. Elle n'a lié aucune relation dans cet immeuble, ce n'est donc pas un ami qui aurait pu monter une plaisanterie dans le but amical de la faire tourner en bourrique. Pour autant, l'expéditeur des messages connait son chat. S'agirait-il d'un voisin ? D'un patient connaissant son adresse ? Son appartement donne sur un large pâté de maisons partageant tous la même cour intérieure. Berlingot, lors de ses sorties oisives, avec toute son agilité de chat, peut parcourir un certain nombre de toits et de balcons en longeant les gouttières, et même redescendre au niveau du sol ! Elle l'a déjà suivi du regard dans ses escapades, se rêvant d'être aussi gymnaste et souple qu'un chat. Dans ces conditions, Mathilde est déterminée à arrêter au plus vite cette prise d'otage psychologique. Et la manière la plus rapide pour y remédier, est de s'adresser à l'arroseur par le même stratège… Elle griffonne rapidement quelques mots et glisse son droit de réponse dans le collier de Berlingot. Ceci fait, Mathilde ouvre sa fenêtre côté cour et pose son chat sur le rebord. « Et ne reviens pas tant que ta mission n'est pas accomplie. Tu le cherches, tu le trouves, tu le bouffes, compris ? Allez oust… ». Berlingot, en brave petit soldat, ou par opportunisme, décampe sur le champ. Mathilde tente de le suivre des yeux, pour identifier la source, mais bien vite le perd de vue.

Italie. Satisfait ?

Je vais être très claire. Cessez ce petit manège tout de suite.

Ou je préviens la police.

Ragaillardie et satisfaite pour sa part, Mathilde décide de sortir flâner un peu. Dans le hall d'entrée de l'immeuble, elle croise son voisin du 4e, en tenue de jogging, qui lui lance un bonjour empli d'amabilité, suivi d'un grand sourire. Elle a envie de l'interpeller et de lui crier d'arrêter ses conneries. Mais se retient. Surtout ne pas virer parano, se dit-elle.

Elle pensait l'affaire réglée. En rentrant chez elle, elle n'y pensait déjà plus. Mais en retrouvant son chat, fier comme un sphinx triomphant sur la table basse, les yeux brillant de malice, un carré jaune dépassant du collier, Mathilde sent un frisson la parcourir et la rage monter. Cette fois, il va falloir agir. Non sans une appréhension, elle décroche le message et s'assoit sur son canapé. Berlingot, sur son épaule, ne veut pas en perdre une miette.

Mademoiselle,

Il y a un malentendu. Au grand jamais je n'ai souhaité vous faire peur ou vous importuner. Ce n'est que maintenant que je réalise que ma démarche a pu vous sembler inquiétante. Naïvement, j'ai cru que l'aspect mystérieux vous amuserait et que vous vous prendriez au jeu. Soyez assurée que je ne suis en aucun cas un détraqué, un désaxé, un obsédé, un manipulateur ou tout autre terme qu'une jeune fille pourrait craindre. Connaissez-vous les livres d'Alexandre Jardin (Fanfan, Le Zèbre…) ? C'est un auteur légèrement déjanté, très imaginatif, qui sublime la réalité en apportant un peu de fantaisie, de romantisme, d'originalité dans le quotidien de ses personnages. Si vous voyez de quoi je parle, vous comprendrez mieux comment il m'est venu l'idée d'oser accrocher un message énigmatique au collier d'un chat. Précisément le vôtre… De là à la cautionner ou l'apprécier, je réalise maintenant qu'il y a sûrement un gouffre. Aussi, Mademoiselle, je vous donne ma parole que ce message sera le dernier si vous en décidez ainsi. Sinon, par retour de messager très spécial, vous savez où me joindre.

P. S : Bravo pour « Italie ». C'est une bonne réponse !

P. S. 2 : G F B A B D ?

Hors de question de lui répondre. Quand on est normal, dans un monde réel, on parle aux gens. On ne les harcèle pas en se cachant derrière un chat pense Mathilde, pestant pour elle-même. Mais au fond d'elle surnage un curieux sentiment de flatterie, et une once de soulagement. Soulagée car – c'est à prendre avec précaution, elle ressent dans le message une certaine sincérité et un respect auquel elle pourrait bien prêter attention. Et flattée car, est-ce une coïncidence, elle connait bien les œuvres d'Alexandre Jardin. En lisant adolescente Fanfan, en regardant célibataire Le Zèbre, elle était touchée par ces histoires de prince charmant moderne, remuant ciel et terre, recourant à des procédés grotesques, des ruses perfides, mais néanmoins efficaces pour conquérir sans concession la princesse élue. Intérieurement, n'importe quelle fille rêverait de vivre, dans leur monde étriqué et bien pensant, de telles aventures chevaleresques. Et ces messages, au compte-goutte, au délai de transmission aléatoire, à l'accusé de réception incertain, le pli du cou de Berlingot faisant foi, révélaient à Mathilde dans ce monde sous contrôle, un air de poésie, un parfum de folie, une parenthèse de légèreté auxquels elle n'était pas indifférente.

***

Mathilde partit au travail avec un drôle de sentiment tôt ce lundi. Elle ne savait plus si elle devait regretter ou espérer, maintenant qu'elle avait ouvert à Berlingot la fenêtre du salon, avant de quitter son appartement. « La fenêtre de Pandore ? » s'évertua-t-elle à penser sur le chemin. La nuit lui avait porté conseil dans la mesure où elle ne ferma pas l'œil. Elle eut le temps de réfléchir, de raisonner, de se raisonner, d'angoisser. Ou de croire à quelque chose de beau, de neuf, de fou, qui vienne un peu bousculer sa trentaine et sa rengaine. Elle se décida réellement, lorsque toute guillerette, elle pensa avoir percé le secret du Postscriptum N°2 : G F B A B D. Mathilde n'avait pas fait le lien tout de suite, cherchant de prime abord une signification dans les initiales, ou une suite logique. Puis la solution lui vînt lorsqu'elle cogna sa guitare en se levant au radar en pleine nuit pour chercher un verre d'eau. Ca lui a fait d'emblée penser à la notation anglo-saxonne des accords de musique. G pour Sol, F pour Fa, B pour Si, A pour La, D pour Ré. Ce qui donnait, dans l'ordre, « Sol Fa Si La Si Ré ». Qui à force d'être répété à voix haute sonnait « Sol facile à cirer » ! Un temps Mathilde a crû qu'il fallait chercher du côté d'agents d'entretien, de produits miracles… ce qui la déstabilisait quelque peu. Puis non, Mathilde sentait qu'il devait y avoir un rapport avec les notes. Elle trouva enfin le sommeil lorsqu'elle se persuada, non peu fière, d'avoir trouvé la réponse : Ré-Mi. Rémi. Son corbeau s'appelait Ré-mi ! Sauf qu'elle n'en connaissait aucun…

Ce matin-là, Berlingot était sorti en ballotant ce message autour du cou.

Très bien Monsieur Rémi le cachotier.

Vous pourrez chaleureusement remercier Alexandre Jardin.

En ce lundi matin je déclare officiellement ouvert le jeu du chat, et de la souris.

Je suppose que vous souhaitez qu'à termes je vous démasque. Soit.

Jurez-moi que vous direz toujours la vérité. Que vous ne me suivrez pas. Que vous ne m'espionnerez pas. Que vous êtes saint d'esprit et bien attentionné (si vous en doutez une seconde, s'abstenir)

Que vous sortirez de ma vie dès l'instant où je le déciderai, sans justifications.

Jurez-le-moi ou vous savez bien que ce jeu se retournera contre vous.

Sur ce, bonne journée.

P. S : Comment mon chat, si sauvage et si peu courtois, sait-il si facilement vous trouver ?

La journée lui avait paru longue. L'avantage d'enchaîner les rendez-vous est qu'elle avait eu peu de temps pour ruminer. L'ostéopathie est une manipulation très physique pour le praticien, et Mathilde donnait volontiers son énergie pour soulager ses patients. Aussi rentrait-elle vidée chez elle, mais se surprit à ressentir un picotement au cœur comme lorsqu'on attend quelque chose avec hâte. En ouvrant sa porte, la question était de savoir si Berlingot avait du courrier pour elle. Elle sera vite fixée, dans la mesure où dès le tintement des clés, les pas feutrés de Berlingot rappliquent vers l'entrée où les miaulements l'accueillent en fanfare. Un nouveau papier jaune attendait patiemment d'être libéré du collier.

Mademoiselle,

Je vous le jure. D'autant plus que je ne sais même pas où vous habitez.

Mais c'est moi qui vous crains à présent. Devant votre perspicacité, j'angoisse à l'idée d'être bien plus vite identifié que je ne l'aurais souhaité…

Au fait, aimez-vous les avocats ? JHUDJU TUKN QDI

Rémi.

***

Voilà presque trois semaines que Mathilde correspondait régulièrement avec son inconnu. Elle ne se cachait plus à elle-même que ce jeu lui apportait gaieté et amusement au fil des jours. Les propos n'étaient jamais déplacés, ni intrusifs. Outre quelques indices codés pour collecter des informations supplémentaires, les échanges avaient viré en relation épistolaire qui devenait fort intéressante. Ils n'avaient rien à envier à la correspondance entre une Simone De Beauvoir et un Jean-Paul Sartre. Si ce n'est la ponctualité et la fiabilité du facteur qui laissait quelque fois à désirer. Notamment le dimanche, et les jours de pluie. Aussi incroyable que cela puisse paraître, Berlingot s'acquittait docilement de ce rôle de trait d'union, tel un Cyrano bienveillant. Ce chat avait forcément quelque chose à y gagner. Rémi avait confié que Berlingot raffolait de carrés de chocolat et de sardines, ce qui devait être son dû à chaque passage. Mathilde savait que Rémi avait 32 ans. Déclaration sous serment oblige, cette information la rassurait. A défaut d'aimer les avocats, elle avait décrypté le code. A vaut K. Donc B vaut L, etc. Derrière la suite JHUDJU TUKN QDI se cachait l'indice Trente-deux ans. Rémi chantait dans une chorale de gospel (un noir ?), jouait au basket (un grand ?), écoutait du Barbara (un romantique has-been ?) … Mathilde lui avait écrit dans un mot que leur drôle d'échange lui faisait penser au film « Le chat » avec Jean Gabin et Simone Signoret. Les deux époux, sur un différend autour d'un chat recueilli, ne s'adressaient plus la parole et ne correspondaient que par notes griffonnées laissées sur la table. Le lendemain, Rémi lui répondait qu'il avait loué le film et adoré le scénario.

Un soir, Mathilde est chez elle. On sonne à la porte, ce qui a pour effet immédiat de rompre la mélancolie des chansons de Barbara qu'elle était en train d'écouter. Sans surprise, c'est Namir qui lui livre ses courses.

« Je je je vais porter ppplainte, votre pack d'eau m'a m'a déplacé la troi… sième ver vertèbre !

– Mon pauvre ! … Vous passerez à mon cabinet Namir, je vous dois bien une séance offerte. Mince, j'ai oublié la crème fraiche et les œufs, dit Mathilde en récupérant ses sacs. Je dois faire une quiche pour une amie qui vient dîner.

– Si si vous vous vvvoulez, je vais les cher-cher. Je dois li-livrer Mme Ma… rtinet. »

Avant même que Mathilde ne proteste, Namir cherche dans sa veste de quoi noter pour ne pas oublier.

« Qqqq quoi ? Ca ne ne ne va ppppas, Mademoiselle ? »

Mathilde devient blême et affiche un o de stupéfaction sur ses lèvres, les yeux soudainement hostiles. Elle découvre dans les mains de Namir un petit carnet largement entamé. Le stylo s'apprêtant à écrire sur une feuille jaune à petits carreaux. Et soudainement, elle réalise. Namir connait bien son chat. Namir a accès à l'immeuble. Namir si souvent aimable avec elle, prêt à lui rendre tous les services. Il est évident que si Namir était attiré par elle, il ne pouvait compter sur son élocution pour songer à la séduire. Mais derrière son bégaiement se cache un Namir poétique, un tempérament jovial, malicieux et créatif, qui n'a pu s'exprimer aisément que par écrit, et sous un masque.

« Rémi c'est donc vous ?

– Co Comment ?

– Vous m'aviez juré de ne pas me mentir

– Je je ne com-ppppprends rien à ce que vous ddîtes

– Ecrivez donc sur votre carnet : crème fraiche, et 6 œufs. »

Namir s'exécute, fébrile, craignant d'avoir commis ou dit quelque chose de répréhensible. Mathilde, raide, scrute l'écriture.

– Ok Namir, excusez-moi, je suis un peu sur les nerfs. Laissez tomber pour la commission, je vais m'en occuper. Bonsoir.

Plus tard, dans la soirée, Mathilde découvrira le nouveau verbatim avec lassitude. Pour la première fois, le pli prendra les allures de mot doux.

« Quoi que je fasse
Où que je sois
Rien ne t'efface
Je pense à toi. »
Bonne nuit.

Outre le fait qu'elle ait reconnu la mièvrerie des paroles de Jean-Jacques Goldman, et qu'elle se ronge les nerfs en repensant à son comportement envers Namir, cette fois-ci elle ne répondra pas. Ne répondra plus ? Ou cela va-t-elle la mener ? L'aventure platonique c'est bien un temps. Les frissons romantiques ça va un peu. A 30 ans, on rêve de chair et de concret. Marre d'être l'instrument d'une farce. D'un fantasme.

Trois jours après, Mathilde fait un saut à la superette pour reprendre dentifrice et lait démaquillant. Les jours se sont rafraichis comme pour corroborer la décision de Mathilde de ne plus jouer le jeu. Berlingot reste désormais en huis-clos la journée, fenêtres sur cour fermées. Qu'a-t-il compris de ces turpitudes dont il est à la fois l'acteur et l'otage ? Toujours est-il qu'en perdant son regard à travers la vitre, il sait qu'un carré de chocolat l'attend non loin d'ici et qu'il ne peut l'atteindre.

Mathilde passe en caisse et règle ses achats. Mais sa carte de fidélité ne répond plus. La caissière ne peut rien y faire. Namir, tout sourire, vient à son aide et lui propose d'aller voir son responsable, qui remplacera la carte défectueuse sur le champ. Mathilde aimerait encore s'excuser auprès de Namir. Mais dans son regard empathique, le livreur fait mine de considérer que l'incident est oublié, il n'y a pas de soucis.

Mathilde se dirige donc au fond du magasin pour trouver le bureau du gérant.

– Bonjour, j'ai un souci avec ma carte de fidélité, dit-elle en toquant à la porte.

Le gérant s'apprête à accueillir sa cliente poliment, redresse la tête, mais semble se maîtriser d'un seul coup.

C'est un grand jeune homme, plutôt svelte. Les cheveux très bruns, les yeux noisette expressifs, la peau mate. Le genre italien. La trentaine. Un air doux qui inspire confiance. Sur sa chemise, un badge rouge sur fond blanc au logo du magasin, avec écrit « Rémi, pour vous servir ».

Piochant dans une boite sur son bureau un chocolat à l'emballage doré, Rémi déclare dans un sourire, sur le ton d'un adversaire battu : « Ça fait quelques jours que je les mange à sa place…

– C'est donc ici que mon chat vient se bâfrer ? dit Mathilde sèchement.

– Au fond de ce couloir, il y a une réserve qui donne sur votre cour. Votre chat l'a découverte, il y a quelques temps. J'ai failli lui mettre un bon coup de pieds aux fesses. Mais Namir m'a dit Arrête, t'es fou c'est Berlingot, le chat de la demoiselle… ! »

Le jeune homme baisse les yeux, et ajoute « Vous ne me remarquez pas dans ce magasin, mais moi je vous croise souvent… »

Mathilde reste un temps crispée et maintient sa posture sur la réserve, le regard dur. Quelques secondes passent, rendant palpable la tension suspendue dans l'air, le temps que les pensées de chacun emballent les engrenages à un rythme effréné. Puis, tout le visage de Mathilde se détend ; et dans un soupir incontrôlé, Mathilde sourit. Rémi respire.

« Je vous la fais quand même votre carte de fidélité, ou vous changez de crémerie ? …

– Invite-moi à dîner, idiot. »

Namir, tout en réapprovisionnant le rayon électricité, leur adresse un discret clin d'œil.

Paris - Lyon

Enfin la journée se termine. Une bonne journée de labeur derrière moi. Et en plus, je suis dans les temps, pas besoin de courir pour une fois. Si par hasard, le train avait la bonne idée de partir à l'heure, encore mieux d'arriver à destination à l'heure, on peut dire que ce déplacement aura été rondement mené. J'aime bien monter à Paris. Moi qui vis en province depuis quelques années maintenant, j'ai toujours plaisir à retrouver la capitale qui m'a connu jeune et fou, jeune diplômé et fougueux de vie, maigre fortune en poche mais toujours assez pour assurer quelques bières avec les copains. Quand je sors du train et que je m'engouffre dans le métro, je suis heureux de me mêler à la foule triste et pressée, de retrouver le décor et l'atmosphère de ces vieilles rames qui, contrairement à moi, n'ont pas changé. . Je me fais un point d'honneur à paraître parisien, j'aurais horreur que l'on me prenne pour l'un de ces touristes hésitants ou de ces commerciaux qui débarquent sur Paris à la journée pour leurs petites affaires. Ce que je ne suis pas loin d'être au fond. Surtout ne pas sourire. Ne pas s'excuser. Marcher vite en sachant prendre la bonne sortie, sans lever la tête. D'un autre côté, c'est vrai que j'ai perdu. A l'époque, mon grand jeu était de demander aux copains de citer une station au hasard. Numéro de ligne, correspondances, stations précédentes et suivantes, je leur déballais alors tout ma science parisienne. Un vrai plan de métro tatoué dans ma tête comme un bagnard. Maintenant, je jette tout de même un œil discret à la signalétique pour être sûr de ne pas me tromper de ligne.

Sans me presser, je remonte la large esplanade de la Gare de Lyon, et salue ce que j'appelle mon Big Ben, qui surplombe, majestueux, l'agitation des passagers en partance. Irrémédiablement lorsque je traverse cette place, et que je lève les yeux vers cette tour de l'horloge, je repense à ce premier baiser, échangé il y a presque 10 ans, sous ses aiguilles, à celle qui allait devenir ma femme. Une rencontre divine, un de ces samedis pluvieux et déprimants où l'on pense qu'il ne se passera rien. L'éclat d'une demoiselle qui d'un coup illumine l'endroit abscons où l'on se trouve. Une étincelle furtive qui éclaire nos regards comme sur un malentendu. Une nuit sans sommeil comme si c'était la dernière où l'on parle sans fin pour se découvrir. Un dernier café pour se réchauffer au petit matin et retarder le départ, dans un bistrot banalement appelé Le Terminus, face à la gare. Les derniers pas sur l'esplanade mouillée qui reflète la peur d'une rencontre vaine sans lendemain. Et finalement, un premier baiser, inespéré, sous l'œil du cadran pour traduire ce que les mots ne pourraient pas. Puis, deux mains qui s'agitent, naïves, entre le quai et la vitre du train, qui ne savent si elles se disent adieu ou à très vite… Depuis, lorsque je sais que ces mains se sont très vite retrouvées et qu'elles arborent désormais les anneaux de l'union sacrée, je ne peux passer sous cette horloge de la gare de Lyon sans y voir le clin d'œil des aiguilles qui incrémentent une minute supplémentaire à notre histoire.

Je me dirige alors vers le quai, où m'attend le train, tel un corps inanimé, avant qu'il ne prenne vie et s'élance comme un étalon frappé aux flancs. J'aime l'idée de passer deux heures dans un TGV, un des seuls endroits où l'on peut enfin se laisser aller à ne rien faire, coincé dans un espace-temps sans échappatoire. Un huis clos imposé, où l'on mesure le temps qui passe, entre un point A et un point B, selon son bon vouloir. Avoir le temps de lire ; avoir le temps de ne penser à rien, ou au contraire à mille choses. Faire le point, rêvasser, réfléchir. Regarder les gens, imaginer leur vie. Je suis toujours amusé de constater combien un wagon pris au hasard rassemble un excellent panel du genre humain, auquel je ne doute pas apporter ma propre touche au tableau. Je suis persuadé qu'un bon psychologue pourrait déceler 80 % de la personnalité d'un quidam rien qu'en l'observant monter dans un train et s'installer à sa place.

L'exiguïté du lieu, la proximité des corps, l'espace vital que chacun délimite, la place occupée que l'on réclame, l'attention portée à ses voisins sont autant d'exercices de style que la nature humaine exprime selon l'humeur, et bien souvent je me délecte des saynètes et mini-scandales observés qui façonneraient des traits de caractères précieux pour n'importe quel écrivain en mal d'inspiration…

Me voici installé à ma place, celle qui sera mienne et qu'on respectera comme telle pendant tout le trajet. Par bonheur je n'ai pas eu à user de diplomatie pour déloger un passager étourdi qui assurera que c'est bien sa place, le temps de vérifier ses billets, sous le regard en biais des autres voyageurs, pour à coup sûr s'entendre dire bah vous voyez place 113 voiture 3, oui sauf que ma petite dame vous êtes dans la voiture 2 là, ah bon pardon je suis désolée… Scène toujours savoureuse pour qui n'est pas concerné.

Je suis assis près de la fenêtre, dans le sens de la marche, dans un carré de quatre places pour l'instant inoccupées. Je guette avec impatience le signal de fermeture des portes pour un départ imminent, qui m'assurerait le confort et la tranquillité d'un voyage sans voisinage. Le pied. Je pense que je peux l'espérer, ce compartiment en première classe est pour l'instant clairsemé de quelques têtes éparses qui comme moi semblent s'apprêter à savourer un trajet épargné d'agitation. Enfin, le train s'ébranle et le quai se meut. Dans un soupir de soulagement je peux me mettre à l'aise et allonger sans heurts mes longues jambes, animé par la sempiternelle pensée qu'il est amusant de quitter la gare de Lyon pour arriver deux heures après en gare de Lyon, comme si l'on s'apprêtait à boucler un petit voyage touristique à travers quelques régions de France.

Dois-je le préciser, je suis doté d'un bon sens géographique. Rien qu'en regardant le paysage et en contrôlant ma montre, je suis capable de me situer sur le trajet. Là on est à hauteur de Montargis. Là on attaque la Côte d'Or. Dans quelques temps on va enjamber le canal de Bourgogne… Je n'irai pas jusqu'à reconnaître le troupeau de vaches bourguignonnes qui regardent lasses passer les trains mais j'ai tellement pratiqué cette ligne que je survole mentalement le déplacement rectiligne du TGV comme le doigt sur une carte routière. J'avais de grandes idées d'occupation en montant dans ce train, comme rédiger le compte-rendu de réunion tant que le plan d'actions est encore bien frais dans ma tête ; ou feuilleter le magazine Management acheté le matin-même alléché par le gros titre « se mettre à son compte ! »… Mais dans cette ambiance calme et feutrée, bercé par le doux ronronnement de la rame, je sens mes paupières s'alourdir et réclamer un brin de sommeil récupérateur.

Soudain je perçois contre mes jambes des coups de pieds qui attaquent à intervalles réguliers la tranche de mes tibias. Cette désagréable sensation me tire de ma somnolence. J'ouvre un œil et aperçois un petit garçonnet dans le siège me faisant face, qui me fixe, placide.

« Dis, tu peux arrêter petit, lui dis-je sur un ton sec non maîtrisé sûrement proche de l'agacement

– Tu t'es fait quoi au sourcil ? »

Je ne saisis pas bien la question, cherchant à comprendre un peu vaseux comment je me retrouve en face de ce petit garçon. Je jette un regard aux alentours et ne vois que des voyageurs endormis ou concentrés sur leur activité. Cela m'étonne parce que je n'avais pas vu monter de familles avant que le train ne démarre et nous n'étions pas nombreux dans le wagon. Le petit garçon me regarde toujours, avec une mine très sérieuse. A vue de nez, je dirais qu'il a la taille d'un enfant de cinq ou six ans. Il porte de grandes lunettes oranges qui encerclent des petits yeux verts malicieux du bas du nez jusqu'au sourcil. Il a des cheveux blonds comme un champ de blé avec cependant quelques reflets de mèches tirant vers le châtain clair. Il est coiffé un peu coupe au bol sur le devant avec un dégradé en marches d'escaliers qui passe du front directement aux oreilles et une bonne épaisseur sur la nuque. Je me souviens que j'avais sensiblement la même coupe petit garçon, la coupe « Playmobil » comme on dit, avec des cheveux très raides qui tombent sur les yeux quoiqu'on y fasse. Le genre de coupe qu'on s'empresse d'annihiler à grand renfort de gel et de coups de ciseaux dès que l'on est en âge d'aller tout seul chez le coiffeur. Son visage est très fin, très doux, on pourrait presque le prendre pour une petite fille, mais des petites pommettes hautes et renforcées font la différence.

« Comment tu t'es fait ça, au sourcil ? me redemande-t-il d'un air très assuré, en pointant son petit doigt bien droit vers, je présume, la cicatrice qui cingle mon sourcil.

– Tu es bien curieux, dis-je d'une voix étouffée, n'étant pas très à l'aise à rompre le silence de plomb de la rame en évaporant une discussion avec cet enfant

– Tu as reçu un coup de couteau, c'est ça ? »

C'est marrant comme cette cicatrice, dont j'oublie toujours l'existence, fascine toujours les enfants. J'ai pourtant l'impression qu'elle est assez discrète et ne me défigure pas, mais apparemment elle doit clignoter sur mon visage… Je me résous à lui formuler une réponse, dans le but premier qu'il me fiche ensuite la paix.

« Tu connais Albator ? … je lui chuchote. C'est moi, le pirate de l'espace… Chut ! Et je lui fais un clin d'œil.

– Menteur, Albator il a une cicatrice sur la joue, juste sous l'œil. C'est quand il s'est battu avec les humanoïdes. »

Là, je suis bluffé. C'est la première fois que ma réponse toute faite ne fait pas effet.

« Ok, tu as raison. Mais la vérité est moins fantastique. Quand j'étais petit, je suis tombé sur le coin d'une table en verre, voilà, parce que je faisais le fou-fou et que ma maman l'avait bien dit que j'allais me faire mal. Et paf ! Ca n'a pas manqué, je me suis ouvert le sourcil, mais ça aurait pu être plus grave si ça avait été dans l'œil.

– Y'a eu beaucoup de sang ?

– Bon ! Euh… Dis-moi, ils sont où tes parents ? demandai-je agacé cherchant autour de moi.

– Mon papa, il est parti à la voiture-restaurant. Il m'a dit de pas bouger et de l'attendre. Je crois qu'il doit appeler au téléphone aussi.

– Ah… dis-je, résigné à devoir garder un œil sur ce petit lutin le temps que son père revienne. Je fais mine de prendre mon magazine mais lui continue à me regarder. Il a un petit air du petit Gibus, dans la Guerre des boutons, et je dois dire que je le trouve plutôt rigolo avec sa petite voix fluette et ses manières de petit monsieur.

– Et c'est quoi ton métier à toi ? »

Les enfants sont d'une curiosité spontanée assez impressionnante… et on peut dire qu'ils ont le contact facile avec ce tutoiement sans frontières. Je n'allais quand même pas lui sortir « Responsable Projet de la cible B2C sur le média Internet ». Pour faire simple, je lui réponds un vague « dans l'informatique », à son âge je suis sûr que ça doit déjà lui parler.

« C'est nul les ordinateurs. Mon papa il dit que ça prend de la place et que ça plante tout le temps et que maintenant les gens ils savent même plus écrire.

– Il n'a pas tort, dis-je amusé, mais faut bien vivre de quelque chose mon petit gars. Et toi par exemple, qu'est-ce que tu voudrais faire comme métier plus tard.

– Moi je serai cosmonaute ou capitaine de fusée. C'est moi qui allumerai la lune quand le soleil met son pyjama pour aller dormir. Mon papa il dit que y'aura peut-être pas toujours de travail pour tout le monde sur la terre mais qu'il y aura toujours des milliers d'étoiles dans le ciel à allumer chaque nuit. »

Ah l'innocence de l'enfance… Je donnerais cher parfois pour retrouver ce mode de raisonnement où tout est possible, tout est réalisable et où dans vie il y a magie. Quand on me posait la question au même âge, je me souviens que je répondais aussi sûr de moi que je serai plus tard reporter-cameraman-sportif. Mon père me faisait regarder l'émission Ushuaia, pour me faire prendre connaissance de la beauté et de la diversité du monde. J'étais fasciné par les paysages grandioses si différents de mon quotidien urbain, et ne pouvais croire que, passé la forêt dominicale dans laquelle nous nous promenions en famille, en marchant encore un peu plus loin, je pouvais tomber sur des arbres qui touchaient le ciel, des cascades qui en chutaient ou croiser des petits trapus en slip et pieds nus alors que j'avais moi obligation de mettre des chaussons dès que je rentrais à la maison… Le présentateur parcourait ces grandes étendues par des moyens les plus extraordinaires possibles et pouvait se transformer à sa guise en homme-oiseau ou homme-poisson, avec des pouvoirs que j'imaginais presqu'aussi puissants que mes héros de l'époque. Et si je pouvais voir ces images venues d'ailleurs sur l'écran noir et blanc du salon, c'est bien que quelqu'un avait le cran tout aussi magique de tenir la caméra. Il était donc clair que je serai cette homme-là : non pas celui qui s'agite au premier plan, mais l'homme de l'ombre tout autant acrobate qui assurément suit la vedette partout et vit les mêmes aventures.

J'avais presque oublié cette première vocation. C'est le projet fou, mais tendre, du petit garçon qui m'y a fait repenser. Au fond, je me demande à quel moment celle-ci s'est diluée dans mon esprit. A quel moment perd-on précisément ses belles illusions et ses rêves de gosses ?

Par la fenêtre, je remarque que nous croisons juste l'autoroute A6, l'axe Paris-Lyon par la route, où la circulation semble être fluide en cette heure tardive C'est un autre point de repère : nous sommes approximativement à mi-parcours, et je réalise que j'ai dû m'assoupir une bonne demi-heure. Ce passage je le connais, car lorsque je circule en voiture, pour peu que j'aperçoive surgir au loin un TGV qui longe un temps l'autoroute, j'ai une satisfaction enfantine si j'arrive à passer sous ce pont simultanément lorsque le train passe au-dessus… ce qui arrive plus souvent qu'on ne le pense. Le summum étant, avec un peu de chance, si un avion déjà en amorce d'atterrissage passe dans le champ de vision, et me fait alors immanquablement penser à la superposition des différents modes de transport que l'on peut trouver dessinés avec réalisme dans les encyclopédies pour enfants. Je tourne la tête et recroise le regard du petit garçon, assis bien sagement sur son siège, les mains sur les genoux.

« … Et comment tu t'appelles, au fait ?

– Valentin, répond-il.

– Tiens, c'est marrant, c'est mon deuxième prénom. J'aime beaucoup. C'était le prénom de mon grand-père aussi.

– Et toi ?

– Moi, c'est Camille.

– C'est un prénom de fille, dit-il en rigolant. Je découvre un joli sourire rempli de petites dents de lait bien blanches. Ma sœur et demie s'appelle Camille, et c'est une fille !

– C'est un prénom de garçon aussi. Ta sœur et demi… tu veux dire ta demi-sœur ?

– Oui, la fille de Vincent. Vincent c'est le nouveau chéri de ma maman. Il m'a dit que j'avais pas le droit de me marier avec Camille parce que c'était ma sœur mais moi je me dis que si ma maman trouve un jour un autre chéri alors je pourrai me marier avec Camille puisqu'elle ne sera plus ma sœur. »

Je fais une espèce d'hochement de tête censé le rassurer mais je comprends surtout que les parents de Valentin sont divorcés. J'ai de la peine pour lui sachant combien la propre séparation de mes parents m'a meurtri dans mon enfance et qu'il m'a fallu du temps pour m'y résoudre. Encore aujourd'hui il m'arrive de ressentir un écœurement lorsque je dois fêter Noël chez ma mère, et le lendemain chez mon père, ou inversement, avec comme image d'Epinal des souvenirs de famille unie autour du sapin et des vrais moments de bonheur évanouis par la suite.

« Est-ce que tu es un papa, toi ?

– Euh… oui, j'ai un petit garçon. Il s'appelle Hugo, et il a bientôt 12 mois.

– Ah c'est pour ça que tu as des cernes et que tu as l'air fatigué. Mon papa il dit qu'à cet âge-là les petits gars sont des machines-à-caca et les petites filles des machines-à-pipi et que dans les deux cas c'est pas possible de dormir tranquille.

– … »

Progressivement je me prends au jeu des questions réponses de ce petit garçon, de ce Valentin plein de vie et vif d'esprit. Il m'entraîne sur des conversations absurdes que seuls les enfants de cet âge savent élaborer ; il me raconte des anecdotes de cour de récréation et me parle de ses camarades comme si je les connaissais ; me pose mille colles auxquelles j'invente une réponse crédible lorsque je sèche. Il y a quelque chose chez ce gosse qui me touche et me fais du bien. Il me fait redescendre de mes basses préoccupations de boulot, du quotidien qui n'auraient aucun sens pour lui si je les lui exposais, et je me laisse petit à petit glisser sans réserve dans son univers d'enfant. Il me décrit avec force et passions des scènes de dessins animés qu'il adore, je lui demande si Casimir lui dit quelque chose, s'il connaît les Merveilleuses Cités d'Or. Mais visiblement les repères ne sont plus les mêmes. Nous jouons à ni oui ni non, et il est bigrement doué pour éviter les pièges. Parfois au détour de questions spontanées, voir naïves, il arrive même à me surprendre et me faire douter. Pourquoi les grandes personnes doivent s'habiller comme pour aller au cimetière lorsqu'elles vont travailler ? Pourquoi les vieilles personnes, on ne les voit plus autant qu'avant quand elles ne sont plus dans leur maison ? Pourquoi son papa dit qu'il aime une autre femme grande et blonde, alors que maman elle est aussi grande et blonde ? … Derrière ses grandes lunettes d'Harry Potter, le petit bonhomme au visage d'ange semble apprécier que je lui parle comme à un copain et que je prenne le temps de lui répondre. Pour l'amuser, je me surprends même à prendre une pièce de monnaie et à la faire apparaître derrière son oreille comme s'il me l'avait prise, un vieux tour que mon père me faisait petit et dont je ne me lassais pas. Il me dit : « Tu sais, si tu veux, je t'invite à mon anniversaire, tu verras c'est génial, y'a un magicien qui va venir nous faire des vrais tours de magie. Tu viendras, dis ? ». Pour sûr que j'aimerais venir.

Pour les 15 à 20 minutes de trajets restantes, je lui propose de nous reposer un peu. Valentin se cale dans son fauteuil et murmure pour lui-même une petite comptine. Sans me méfier, je retombe dans un léger sommeil, la tête appuyée contre la vitre, en me projetant dans quelques années lorsqu'Hugo, mon fils, sera capable de me tenir de telles conversations douces et délirantes.

Le message grésillant des haut-parleurs indique l'arrivée imminente en gare de Lyon Part-Dieu et me sort brusquement de ma torpeur. Je suis surpris de ne pas retrouver Valentin en face de moi. Je rassemble mes affaires et m'apprête à descendre, me tordant le cou pour tenter d'apercevoir mon petit copain. Dommage, j'aurais bien aimé lui dire au revoir et attester à son père combien j'avais apprécié ce voyage en compagnie de son fils. Je me dirige vers les taxis et saute dans le premier disponible en jetant un dernier regard alentour… Il me tarde désormais de rentrer chez moi. Parti tôt ce matin pour prendre le premier train, je regrette d'avoir passé de nouveau une journée sans avoir pu voir Hugo, qui doit déjà dormir, j'espère, depuis longtemps. Ma femme, avec un peu de chance, sera encore debout pour m'accueillir. Le taxi file à vive allure sur les boulevards ouverts à la nuit, quelques rares passants errent comme des âmes en peine. Quelqu'un les attend-il quelque part ? … Il est quand même génial de pouvoir faire un aller-retour sur Paris dans la même journée, mais contrairement à ce que l'on pourrait croire en se laissant transporter d'un lieu à l'autre, ces déplacements sont tout de même fatiguants, physiquement et nerveusement. Ma ville maintenant, c'est Lyon et moi qui ne jurais pendant longtemps que par la capitale, je me suis laissé totalement adopter par cette ville à la force tranquille, judicieux compromis entre la grande ville et la ville de province. Si Lyon n'est pas mes racines, elle joue néanmoins le rôle de ramification puisque c'est en son lieu que ma propre famille, moi ma femme mon fils, s'y construit désormais.

Paris ne reste pour moi que le souvenir nostalgique d'une jeunesse passée, ma vie d'homme mûr est à Lyon, me dis-je en passant juste sous la tour du crayon, qui quotidiennement écrit de manière symbolique mon histoire en quelques sortes… Pour faire au plus vite, je pense à préparer d'avance la monnaie pour régler la course au chauffeur. En tentant d'attraper un billet de vingt, je tombe sur la photo de mon fils, format d'identité, coincé dans un soufflet de mon portefeuille. Et là se produit un drôle de déclic. On entend souvent dire que son enfant ressemble au papa, à la maman, ou les deux, selon les tantes ou les voisines qui veulent à tout prix trouver un air de ressemblance. Pour ma part, ma femme et moi n'avons pour l'instant pas vraiment trouvé de rapprochement flagrant de l'un ou de l'autre avec Hugo. Et pourtant, à regarder de près cette photo, je ressens une étrange impression. Je perçois dans le visage d'Hugo et dans son sourire figé sur papier glacé, une curieuse superposition de moi petit, autant que je m'en souvienne et du petit garçon croisé dans le train, Valentin. Un mélange de génération et de ressemblance qui nous lie tous trois sur ce visage mutique. Je pense que je dois afficher à ce moment-là un visage de stupeur et de tremblements car le chauffeur me lance depuis son rétroviseur « Tout va bien Monsieur ? ».

Oui, tout va bien. Tout va bien parce que je viens de comprendre. Je viens de saisir l'inexplicable de l'inconscient. Je viens de toucher l'impalpable de l'imaginaire. Je viens de passer deux heures en train avec le petit garçon que j'étais jadis. Valentin est venu me rendre visite à l'âge adulte. A l'âge où la plupart de mes choix de vie ont été faits ; à l'âge où la grande partie des incertitudes sur son devenir est derrière soi ; à l'âge où l'on s'est construit et figé dans une personnalité qui n'évoluera plus guère comparé aux milliers de possibilités qui s'offraient à nous lorsque l'on avait cinq ou six ans. Qu'a vu le petit Camille du Camille devenu grand ? Qu'a-t-il perçu de cet homme en costume qui rentre tardivement d'un rendez-vous professionnel qui ne changera en rien la face du monde et qui arrivera juste pour caresser les cheveux de son fils endormi ? L'a-t-il jugé ? A-t-il ressenti assez de bonheur et de satisfaction pour lui donner envie de grandir, de croire, d'espérer, de se battre, de devenir chaque jour meilleur, de vivre ? … A-t-il retrouvé du petit Camille dans le grand ? Son insouciance, sa curiosité, sa volonté, son énergie, son émerveillement, son insolence, sa pertinence, son impertinence, sa liberté ? … J'ose espérer que je ne l'ai pas déçu, et même si je ne suis pas devenu tout ce qu'il aurait aimé que je sois, j'ai l'impression de lui avoir donné l'image d'un homme bien dans ses baskets, au clair avec lui-même, serein et sans regrets. Un homme, qui malgré ses choix et son vécu, ne s'est pas totalement renié.

Est-ce l'approche de mes quarante ans qui m'a permis de revivre le petit garçon que j'étais ?

Le taxi m'a déposé devant chez moi. Je suis monté lentement jusqu'au palier de mon appartement.

J'ai ouvert la porte et j'ai apprécié de rencontrer le grand sourire accueillant de la femme que j'aime.

Je l'ai prise dans mes bras. Et dans un élan parfaitement incontrôlé, au creux de cette chair bien aimée, j'ai éclaté en sanglots.

Je ne sais si d'autres occasions me permettront de renouer avec Valentin. Je l'espère autant que je le redoute.

Coup de pub

Sa voiture fait une grande embardée sur la droite. Déjà, la roue avant gauche coupe à la perpendiculaire la dernière ligne blanche. L'arrière du véhicule commence à quitter le sol. Le petit muret se rapproche inexorablement.

« Et merde ».

Des freins, seul le bruit strident du frottement sur l'asphalte lui rappelle qu'ils sont bien actionnés. Au plancher bien sûr. Mais rien n'y fera. Le petit muret grisâtre et lisse comme une pierre tombale lui barre l'horizon comme un trait tiré à la règle.

« La pub m'a tué. » a-t-il le temps de penser comme un mot d'esprit bien venu. A-t-il cependant le temps de sourire, en jouant sur la conjugaison ? « La pub m'a tuer… » aimerait-il écrire, comme un affront, sur un petit bout de papier, un reçu de péage sûrement, coincé dans les essuie-glaces, si on lui laissait le temps, le temps d'expliquer, juste quelques secondes encore… juste…

Pierre rentre de sa journée. Il a quitté son travail à 19h20. Il arrive généralement à partir un peu plus tôt. Croiser le DG dans les couloirs à la dernière minute lui avait fait perdre un petit quart d'heure. La réunion de demain le nécessitait, d'ailleurs ces derniers réglages l'avaient mis en confiance. Il savait ce qu'il faudrait dire et comment l'aborder. Il n'était pas pour autant spécialement en retard. Et puis, ça n'aurait rien changé. En principe, à 19h50, vingt heures le temps de se garer, il serait chez lui. Il aime cette petite demi-heure de trajet, tant à l'aller pour se laisser le temps d'émerger, d'anticiper sa journée ; qu'au retour pour décompresser, faire le vide, avant de retrouver les siens. La route ne lui pèse pas. Il est dans le bon sens, c'est plutôt en face que ça bouchonne. Et il aime conduire. Sa femme, non. Ça ne le dérange pas, il aime être James son petit chauffeur, comme elle l'appelle tendrement. Pour les longs trajets, Pierre est installé au volant, il a tout étudié, tout vérifié. Sa femme ne lui pose aucune question sur l'itinéraire. C'est son domaine et lui fait toute confiance. Clémence n'a confiance qu'en lui d'ailleurs. Et elle le trouve si beau, si viril quand il est au volant. Sa seule contribution au voyage, elle le sait, est de faire la conversation tandis que Pierre reste concentré sur la route. Ça tombe bien, elle aime lui parler, même s'il ne répond que par monosyllabes. Ils ont de moins en moins de temps pour se parler, elle bénit ces longs voyages, elle aime être aux côtés de son homme.

Petite, Clémence a eu un grave accident de voiture, à l'époque où l'on plaçait encore les enfants à la place du mort sans sourciller, et sans ceinture. Elle avait traversé le pare-brise, le genre de pare-brise qui explose littéralement en mille morceaux. Miraculeusement, elle n'avait eu que de grosses coupures en bas du visage. Rien de grave ou de vital, mais pour le confort elle avait subi un peu de chirurgie esthétique. Franchement aujourd'hui il fallait connaître cette histoire et fixer longuement son menton pour s'en rendre compte. Toujours est-il que cet accident l'avait profondément choquée et donné une phobie à vie de la voiture. C'était un voisin qui l'accompagnait à l'école ce jour-là et qui avait grillé un stop. Elle n'aurait plus confiance en aucun conducteur. Sauf en Pierre, son mari. Pierre avait su être, dès le début de leur relation, l'homme qui saurait apaiser ses craintes, la rassurer dans bien des domaines, y compris la voiture.

Pierre sait qu'il conduit bien. Quand on le lui dit, il répond :

« Je ne conduis pas, je supervise. »

En effet Pierre ne donne pas l'impression de toucher au volant ou de passer les vitesses. Cela il le fait machinalement, on ne s'en rend même pas compte; mais il a cette faculté de tout observer au plus loin de son champ de vision. Il n'est donc jamais surpris par un coup de frein, un rétrécissement, un chauffard… c'est anticipé donc maîtrisé. Ce qui lui permet de conduire avec une vraie souplesse et un confort inégalé pour ses passagers, silencieusement, sans rien commenter, même dans les situations les plus critiques.

Pierre roule tranquillement. Le paysage fait défiler des bosquets épars qui se détachent du ciel orangé comme des ombres chinoises. Le chemin, il le connaît par cœur. Les dangers, les radars, les plans B en cas de grosse circulation, tout est ancré dans sa conduite sans même y penser. Une belle soirée d'été s'annonce, ils seront bien sur la terrasse ce soir. Il se cale à la vitesse autorisée et s'y tient. Lui aussi aimerait rouler un peu plus vite parfois, mais bon pour les deux minutes gagnées à l'arrivée, et encore, il sait que ça ne vaut pas le coup de risquer ses points, ou sa vie, pour gagner des places vides. Qu'ils sont cons les autres…

Pierre se délecte en écoutant son émission favorite qu'il est content d'attraper au vol lorsqu'il ne rentre pas trop tard : une bande de chroniqueurs sympathiques qui se gaussent de l'actualité, qui se foutent sur la tronche, qui ont un avis sur tout, et surtout la belle vie. Un pot-pourri de talents, avec dans le lot des intellos, des déjantés, des ratés, des has-been, des comiques, des psys à deux balles, mais qui au contact de l'animateur vedette, déverse un flot de bons mots ; frôlant parfois le politiquement correct, mordant souvent dans le mauvais goût, voire dans la bêtise mais cette joute verbale et ce franc parler lui font du bien. Sitôt le moteur allumé, lorsque les rires ou la voix singulière de l'animateur remplissent l'habitacle, Pierre se détend, oublie tout et savoure cette passerelle bienfaisante entre sa vie de cadre et sa vie d'homme. Il rit de bon cœur parfois, encore que, Pierre n'est pas du genre à exprimer de manière sonore une émotion. Il se forcerait qu'il n'arriverait même pas à rire grassement comme un garagiste lançant une boutade salace. Simplement il affiche un franc sourire aux lèvres, signe que le mot d'esprit a fait mouche, ou que l'absurdité de l'anecdote l'amuse. Lorsqu'il croise dans les autres voitures un conducteur esseulé avec le même petit sourire à la commissure, il se dit qu'ils doivent écouter la même émission. En fait, ce qu'il aime particulièrement dans l'émission, c'est l'art de la répartie : ça fuse, ça raille, ça rebondit avec une facilité et une pertinence jouissive. Pierre est fasciné par l'esprit ciselé et caustique de ces hommes et de ces femmes, que l'animateur sait parfaitement stimuler, en véritable chef d'orchestre. On pourrait se méprendre sur ces personnes, or Pierre sait que la répartie est signe d'intelligence. Lui-même en a. Souvent avec un train de retard, certes.

Dans le poste, la voix de l'animateur encore chevrotante de rire, coupe son chroniqueur, lancé dans un fulgurant monologue absurde mais savoureux.

« Et bien mon cher Benichond, vous raconterez la suite à nos auditeurs, juste après, quelques pages, de réclame… ! »

Jingle. Et début d'un dialogue tout aussi absurde, avec des voix braillardes et insupportables, déroulant un scénario raz-les-pâquerettes, censé mettre en scène une super promotion à ne pas rater dans votre magasin préféré, où vite il faut se dépêcher sinon y'en aura plus, des haricots à deux euros le kilo. Des haricots à deux euros le kilo ? Pas possible, faut vite appeler la belle-sœur alors, question de vie ou de mort. La belle-sœur, qui n'en croit pas ses oreilles, tu penses, des haricots à deux euros le kilo, et qui toutes affaires cessantes, court à son magasin préféré.

Pierre enrage intérieurement, et vitupère contre son émission d'être entrecoupée ainsi toutes les quatre minutes par des publicités de surcroît aussi stupides. Il précipite son doigt vers son autoradio tactile, produit phare de sa nouvelle voiture. Il y a urgence à trouver la touche six, qui le propulsera le temps de la publicité vers, espère-t-il, des préludes de Chopin, ou tout autre répertoire qui saura l'apaiser. Pierre adore sa nouvelle voiture. En acquérant ce monospace il y a quelques mois, il a fait un bond technologique de plus de quinze ans comparé à sa dernière voiture qu'il avait repris d'occasion à son beau-père. C'est la première fois qu'il s'achète une voiture neuve. Avec Clémence, ils ont opté pour un modèle simple, mais plutôt haut de gamme dans sa finition. Il a laissé à sa femme le soin de choisir l'aspect esthétique. Lui s'est fait plaisir sur les options, notamment sur la qualité irréprochable du système audio. Sa voiture est devenue un véritable auditorium où s'invitent tous les compositeurs classiques dont il est féru.

« Non mais c'est vrai à la fin, c'est insupportable ces pubs, merde ! ». Pierre espère un jour un système qui changerait automatiquement de station pendant les réclames - il programmerait alors la touche six, et qui reviendrait sur l'émission initiale sitôt le jingle de reprise… « Franchement, s'emporte-il, quel est l'intérêt de mettre des pubs, si les gens la zappent volontairement, se raccrochant à l'émission d'une autre station, au risque de la trouver meilleure, et donc de perdre des auditeurs ? Quel est l'intérêt de dépenser un fric monstre en publicité pour des haricots à deux euros le kilo ? Ce n'est quand même pas cette promo qui va, moi client, me faire changer de supermarché pour en profiter ; ou me décider à prendre des haricots plutôt que du chou-fleur ; ou encore me faire courir au supermarché avant que la promo ne prenne fin, quand même ? Au mieux, admettons, je passe dans le rayon du dit supermarché, je vois une promo sur les haricots; je me dis, tiens ça tombe bien, ils sont en promo, si je prenais des haricots au lieu de mon chou-fleur, tiens pourquoi pas. Mais qu'on ne me fasse pas croire qu'un mec s'est déplacé un jour pour acheter des haricots précisément parce qu'il avait entendu la pub à la radio, hein ! … Alors, je vous le demande, quel est l'intérêt ?! … Bordel ! »

Pierre a quitté la route des yeux l'espace d'un instant. Un instant furtif pour visualiser la touche six, la plus à droite sur l'écran tactile, pour y poser son doigt. Peut-être s'y est-il attardé plus qu'à l'accoutumée. Peut-être qu'en s'énervant mentalement, sa main gauche a fait un mouvement brusque sur le volant en cuir brun. Il ne le sait pas, et ne le saura jamais. Sa voiture quitte dangereusement la route et va pour s'écraser sur le bas-côté. Déjà il franchit la bande d'arrêt d'urgence, à la vitesse autorisée de 90km/h, sur la deux-voies de la rocade, à 19h36, à moins de dix kilomètres de chez-lui.

Pierre sut instantanément que ça allait faire mal.

« Non… pas ça… pas comme ça… ».

Sa première pensée fut naïvement pour le dîner de ce soir, chez les Brissard. Il allait être en retard c'est sûr. Il voyait déjà Evelyne se désoler pour son rôti, et Jean-Louis débouchant la bouteille en expliquant aux autres que ça les ferait venir.

J'ai bien peur Jean-Louis de ne pas pouvoir goûter ton fameux Viognier. Bientôt, le téléphone sonnera dans notre salon. Clémence ira décrocher, de son pas élégant, pensant forcément que c'est moi qui appelle pour indiquer où j'en suis. A moins qu'elle ne dise à notre aîné « décroche chéri, ce doit être papa, dis-lui de faire vite, on va être en retard. ». Non mes Amours, ne décrochez pas, restez encore dans l'attente, suspendez le temps aussi longtemps que vous le pourrez. Laissez sonner.

Après ce coup de fil, rien ne sera plus jamais comme avant, pour nous, pour vous. J'ai le cœur déchiré en imaginant le visage de mon fils, si pur, si doux, se crisper d'étonnement à la question qu'il ne comprendra pas. « Bonjour. Gendarmerie nationale. Quel est votre relation avec Mr Pierre Langlois ? ». Personne ne comprendra ce qui s'est passé. Les flics passeront en revue toute les hypothèses, c'est normal, c'est leur boulot. Ils retrouveront trace de la bière pression que j'ai bue à midi, avec les deux délégués du personnel. Pas suffisant pour privilégier l'alcoolémie. Peut-être lanceront-ils un appel à témoin, imaginant un délit de fuite ? Fausse piste, la route était dégagée à cette heure-ci, personne dans les rétros, je le sais. Ils invoqueront la fatigue, peut-on vraiment être fatigué, un lundi soir à 20h, après un bon week-end, pour trente kilomètres de route ? Non, cherchez, cherchez encore. Ils seront obligés de penser au suicide. Oh ma Clémence, tu leur diras toi, que c'est impossible, non, pas le suicide, qu'ils ne prononcent même pas ce mot ! Un pneu éclaté alors ? Les enquêteurs, même si la voiture devait prendre feu, sauront déterminer eux, que les pneus étaient gonflés à 2,7 bar, avec éventuellement une légère baisse dans le pneu arrière-gauche. Non, les conclusions resterons vaines, je le déplore ; le journal régional, que Clémence n'ouvrira jamais, dira laconiquement que « le conducteur a perdu le contrôle de son véhicule pour une raison inexpliquée ».

Le moteur rugit d'un coup, tournoyant dans le vide. Pierre sent la voiture partir en tonneau. Bon sang, comment peut-on mourir aussi bêtement. Bien sûr, il le sait, que l'on peut mourir à tout instant, en étant là au mauvais moment, au mauvais endroit ; en ratant une marche ; en faisant son jogging ; en mangeant du poisson ; en prenant un risque démesuré ; en ignorant les signes annonciateurs. Certes on meurt de moins en moins dans son lit de nos jours, d'une belle mort comme on dit. Mais quitter la vie, sa place, son rang, son avenir, ses joies, ses peines, ses envies, ses chagrins, ses regrets, ses sentiments, ses projets à cause d'une pub, est-ce vraiment concevable ? L'absurdité de la vie lui paraît d'un coup aussi absurde que la mort elle-même. Qu'il est vain d'ailleurs d'y réfléchir au moment où la mort survient sans prévenir, sans que l'on s'y soit préparé. A quoi bon avoir consacré tant de temps à essayer de devenir quelqu'un de bien, à tenter de réussir, à apprendre à aimer, à vivre avec les autres ; à avoir tant payé, de sa personne ou d'impôts pour n'en emporter aucun usufruit dans sa tombe ? Mourir comme un filament incandescent qui se rompt, s'éteindre après avoir pourtant brillé. A tout moment.

Quand on se lève le matin, on n'est jamais certain de ce qui va nous tomber dessus. On devrait toujours claquer la porte comme si on ne l'ouvrirait jamais plus. Tous ces papiers, les placements, les assurances, les fichiers que je gérais seul, Minette, tu ne t'y retrouveras pas. C'étaient les avantages comparatifs comme on se disait, qui me revenaient de droit. Je te vois perdue, tremblante, si pâle sur le canapé du salon, tu n'y crois pas, tu ne veux pas y croire. Et pourtant, tu verras, le corps s'habitue à tout. La tête fera mal, le cœur sera gris, mais ton corps vivra, se lèvera, mangera. Pendant longtemps, tu laisseras ma brosse-à-dent à côté de la tienne. Puis la femme de ménage un jour, sans réaliser, la jettera. Et tu verras que c'est possible, que ta vie continue. J'aimerais te dire une chose, Minette, j'aimerais que tu m'écoutes bien. Plus tard, quand le temps aura joué son rôle, je veux que tu choisisses un autre homme. Pas pour les enfants, pas pour la vie sociale, pas pour les commodités de la vie. Pour toi. Pour qu'il fasse rebattre ton cœur, qu'il redéploye les contours chatoyants de ta féminité, qu'il rouvre tes fossettes, qu'il réarme ton rire et dévoile ton sourire. Promets-le-moi. Tu secoues la tête aujourd'hui, tu le rejettes du plus profond de toi, mais si j'ai une dernière volonté c'est bien celle-ci. Je sais que tu m'aimes, bien au-delà de ma mort. Tu as été ma plus belle découverte, une sonate au clair de lune, un impromptu ininterrompu, une symphonie de tous les jours. Bon sang, te l'ai-je dit ? Te l'ai-je suffisamment répété lorsque j'étais en vie ? C'est lorsque le souffle se fait court que l'on voudrait parler, dire, nommer. Que donnerai-je pour encore un long voyage à tes côtés, à t'entendre, et te répondre. Et te dire ce que l'on croit que l'autre sait. Je vais manquer à mes enfants, c'est bien là une maigre consolation. Je me suis improvisé père à leurs côtés, ils m'ont tant donné, et je me sens lâche de les abandonner ainsi. Ils perdront un père, et un vrai ami, mais sauront faire face. Les enfants sont plus solides qu'on ne le croit.

Je t'envie de les voir grandir, tu auras mal lorsqu'ils auront de la barbe et qu'ils me ressembleront de plus en plus, mais tu seras fière avant tout de sentir mon sang dans leur sang. Dis-leurs combien je les ai aimés, ils oublieront sinon. Ils oublieront que c'est moi qu'ils appelaient dans la terreur de la nuit. Ils oublieront que leur joie de vivre est celle que je leur insufflais dès leur petite enfance. Ils oublieront les chansons que je leur composais et qui les faisaient rire. Mais laisse-les vivre loin de mon souvenir, loin de mon fantôme, ils ont leur propre vie à vivre. Je ne serai pas une étoile qui brille dans le ciel, mais un père blotti au chaud dans leur cœur pur. Ce soir, par ma faute et à mon plus grand désespoir, ils ne seront plus des enfants mais des petits hommes.

Le monospace percute le petit muret gris et reprends de plus belle son envolée vertigineuse. Pierre, les yeux clos, reconnait un air de Chopin diffus dans un grand fracas de tôle.

Et qu'ils aillent se faire foutre avec leur fusion à la con. Ce n'est plus mon problème. Un autre, dès demain, prendra le projet à sa charge, prononcera le plan de licenciement, se coltinera ces enfoirés de syndicats. Dominique fera un très bon directeur des ressources humaines. Ce n'est plus mon problème. Quel perte de temps toutes ces palabres, ces justifications, ces coups bas, cette hypocrisie à la vie lorsque l'on sait que l'on peut mourir sur un coup de pub. Au moins, s'ils arrivent à connaître la raison de l'accident, ma mort pourrait faire jurisprudence ! Peut-être qu'il sera inventé alors le système pour zapper les pubs. Ou qu'il n'y aura plus de publicités pour des haricots à deux euros le kilo !

C'est fou tout ce que l'on peut remettre au lendemain, avec la ferme assurance qu'il y ait bien un lendemain. Comment ai-je pu ce matin déposer comme un paquet mon dernier à l'école, en l'embrassant si rapidement, sans remettre en cause une seule seconde l'assurance que j'avais de le retrouver ce soir ? Pourquoi n'ai-je pas encore organisé le voyage de nos vingt ans de mariage, alors que Clémence le souhaitait si chèrement ? Pourquoi est-ce que je m'obstine comme ça à fréquenter Armand, qui me fait chier, un égoïste de première qui se croit brillant et mon ami ?

Comme je serais un homme changé s'il m'était donné encore de vivre…

Pierre se revoit vers l'âge de huit ans, frêle et tout blond, en maillot de bain sur une plage sauvage du littoral irlandais. Il joue aux raquettes avec sa sœur, tandis que ses parents préparent le pique-nique dans la caravane garée juste au-dessus. Pourquoi cette image ? Pourquoi celle-là ? Il était jeune, insouciant et heureux à cet instant précis, il s'en souvient. A cet âge où l'on est protégé et choyé. Un âge où l'on ne pense pas à l'avenir puisqu'il est aussi dégagé qu'un ciel sans nuages, un ciel de tous les possibles. C'est sur cette image que la voiture retombe sur le toit en heurtant violemment le talus. Pierre, dans un noir absolu, se dit qu'il allait se reposer un peu… dormir… Clémence viendrait le réveiller… Il se dit qu'il feuillettera les publicités pour lui offrir un beau voyage.

Un otage si parfait

Un peu d'intimidation oui, parfois. Mais pas de violence. Non, je ne peux pas dire que je suis maltraité. Je ne suis qu'un chien à qui l'on demande de ne pas bouger. A longueur de journées, je les entends palabrer dans leur langue rugueuse et criarde, je les vois s'agiter, faire de grands gestes, comme des pantins désarticulés, et ça me fatigue. Je suis épuisé, à ne rien faire. L'un d'entre eux quand même parle français. Correctement d'ailleurs. C'est lui qui s'adresse à moi. Il est ma seule compagnie en quelques sortes. Les autres se contentent de m'observer, de me garder, avec leur air dédaigneux. Complètement insensibles à ce que je peux ressentir en pareilles circonstances. Ma qualité d'otage ne les émeut aucunement. Pour eux, je suis leur prisonnier et rien ne personnifie mieux que moi leur haine et la cause qu'ils défendent.

Pour faire peur aux enfants, pour leur apprendre à exprimer ou canaliser cette peur, on a choisi le loup. L'animal illustre la méfiance de l'autre, suggère l'ombre et le mal. Le loup est tout un symbole. Dans leurs yeux, je le vois bien, je suis leur loup.

Depuis combien de temps suis-je retenu ici ? Je ne le sais même plus. Je n'ai pas eu l'idée de graver des croix sur mon mur de pierre. Je préférais garder espoir. Comme une simple garde-à-vue. Ai-je vraiment eu peur ? Je ne m'en souviens pas. Tout ça ressemblait tellement à une mascarade, à un ballet désorganisé, grotesque. A la réflexion, voilà bien cinq ou six mois que je suis leur hôte. Dans mon cas, c'est à la fois long et pas assez. Pas assez, sinon ce serait trop simple, pour tout le monde. Et trop, parce que je m'ennuie, je m'ennuie presqu'à en mourir… Je touche du doigt quel est le bien le plus précieux de l'homme. Pas l'amour. Pas la famille. Pas la santé… La liberté. Pas la liberté de penser, ni la liberté d'expression. La liberté du mouvement. Etre retenu contre mon gré, quémander des permissions, ne serait-ce que pour pisser dehors, être réveillé fermement pour suivre sans broncher vers un ailleurs inconnu, scruter un panorama à perte de vue mais ne pouvoir avancer d'un pas sans être alpagué, est la chose la plus odieuse qu'il m'ait été donné de vivre.

C'est moi hélas aujourd'hui qui gît ici. Il faut que je me persuade que ce n'est que mon passeport, ma nationalité qu'ils ont capturé. Pas l'homme. N'importe qui d'autre aurait pu être à ma place. C'est l'uniforme du gendarme que l'on engueule, le contenant, pas le contenu. Pour eux, j'étais là au bon endroit, au bon moment. Pour moi, c'était tout l'inverse.

J'ai été envoyé par mon entreprise pour nouer des contacts commerciaux dans la région du Cachemire, au Pakistan. Parti avec un collègue, nous devions identifier quelques producteurs aux regards de la qualité de la fibre et négocier les prix. J'avais déjà effectué un premier déplacement quelques mois plutôt, très prometteur pour les produits haut de gamme que nous produisons en France. Il s'agissait à présent de conclure les offres. Un soir, logé dans un hôtel modeste de la banlieue d'Islamabad, à la veille de notre retour, je décide de sortir dans le bourg adjacent. Mon collègue n'était pas en forme et préférait rester dans sa chambre. Nous savions, qu'en tant qu'européen, il fallait quelque peu se montrer prudent. Jusqu'à présent, nous étions accompagnés de guides et n'avons pas cherché à jouer les touristes. Au-delà de l'aspect commercial de ce déplacement, nous étions touchés des rencontres chaleureuses et de l'hospitalité qui se sont offertes à nous durant ce séjour. A quelques heures de repartir, j'avais baissé la garde pour profiter des dernières senteurs locales. Je sortis donc seul pour dîner, non loin. Un restaurant pittoresque choisi au gré de ma balade me paraissait tout à fait faire l'affaire.

Ils ont débarqué dans un grand fracas de cris et d'excitation. Je finissais à peine un savoureux ragoût d'agneau et ses légumes goûteux lorsque trois hommes armés et cagoulés me tirèrent de là sans autre somation, vraisemblablement rompus à l'exercice. Un quatrième nous attendait au volant de son pick-up et nous décampâmes dans un grand crissement de pneus. Etourdi dans l'opacité d'un capuchon mis en hâte sur ma tête, je revoyais intérieurement le tavernier passer discrètement un coup de fil quelques minutes auparavant.

La route a été longue, chaotique. On me faisait boire et manger de temps en temps. Je ne cherchais pas à parler, je savais que personne ne me répondrait. Je me laissais donc docilement balloter, perdu dans mes pensées et mes angoisses. Surtout ne pas paniquer, garder son sang-froid et sa lucidité. Mes ravisseurs semblaient guillerets, dans l'euphorie des vainqueurs. Puis nous sommes arrivés au beau milieu d'un haut-plateau. Sol ocre, terre rocailleuse, sur fond de sommets enneigés. J'ai eu le souffle coupé face à ce paysage lunaire aussi beau que vertigineux. A moins que ce ne soit l'effet conjugué de la fatigue, du stress, et de l'air vivifiant à cette altitude qui me prirent d'assaut. J'étais seul parmi le rien. Et surtout seul contre eux tous. L'homme qui parle français s'est alors adressé à moi. Il m'a dit de ne pas avoir peur. Que tout se passerait bien si je restais tranquille. Que c'était contre mon gouvernement qu'il fallait que je redirige ma rancœur ; mon gouvernement, comme si c'était le mien, qui offensait ses frères musulmans. Quelle ironie de me trouver au cœur de cette guerre idéologique et religieuse, moi qui n'ai ni Dieu ni d'accointances politiques dans ma vie. Je suis la Suisse envahie.

Que fait d'ailleurs mon gouvernement en ce moment même ? Cherche-t-il à me faire sortir de là par tous les moyens ou reste-t-il sourd à toute négociation avec mes ravisseurs ? Combien de fois ai-je entendu cette phrase, « on ne négocie pas avec les terroristes », pour laquelle j'étais bien d'accord.

Mais lorsqu'on est soi-même le gibier, elle résonne amèrement. Suis-je actuellement affiché en quatre par trois sur le fronton de l'Hôtel-de-Ville ? Les gens défilent-ils dans la rue, outrés et plein d'espoir ? Ma photo apparait-elle à la fin de chaque journal télévisé, en queue de liste « pour ne pas les oublier » ? … Je me demande quelle photo de moi ils ont bien pu choisir. Laquelle est la plus flatteuse pour émouvoir et réveiller les consciences…

Oh comme je m'ennuie. Si seulement j'avais quelque chose à lire. Un journal, un illustré, des haïkus, qu'importe. Le Coran même. Peut-être y trouverais-je justification à ma présence. Une fois, une seule fois, j'ai éprouvé une immense émotion qui m'a bouleversée jusqu'au plus profond de moi-même. Allongé sur mon lit de camp, les yeux dans le vague, je me récitais de vieilles poésies de mon enfance, qui me revenaient par bribes, pour ne pas devenir fou. Mes oreilles se sont dressées d'un coup lorsqu'elles ont perçu quelques intonations françaises échappées de leur transistor grésillant. J'ai bondi, et me suis approché de la porte. Mon cœur tambourinait, mes jambes flanchaient, c'était magnifique, si beau, je pleurais à chaudes larmes, pour la première fois. Aurais-je cru qu'un jour, cette chanteuse sublimement snobée par ma sensibilité musicale, me ferait l'effet d'un oasis en plein désert ? Mireille Mathieu m'apportait un peu de mon pays, un peu de réconfort, comme une grand-mère au coin du feu qui psalmodie pour bercer l'enfant apeuré. Je n'ai absolument pas reconnu la chanson, et ne sais ce qu'elle représente dans ces contrées si lointaines. Mais la voix de Mireille Mathieu s'élevait tel un étendard, puissante et veloutée, comme destinée à me trouver et me rassurer. Ce moment de grâce, trop court, m'a autant revigoré que plongé dans une profonde nostalgie.

Puis le moment que je redoutais est arrivé un jour. On m'a prié de les suivre, dehors, en me toilettant et m'habillant proprement auparavant. On m'a installé devant une caméra, avec derrière moi une lignée de combattants montrant ostensiblement des armes de guerre et des slogans en arabe. Je devais donner une preuve de vie, et répéter des mots soigneusement choisis, sans autre improvisation ou simagrées. Trois prises de vue ont été nécessaires. Je savais que cette mise en scène signait l'arrêté d'un ultimatum, les dernières chances d'une négociation. Puis on m'a remis dans les quelques mètres carrés de ma cellule, une pièce sombre somme toute bien isolée dans ce refuge de montagne aux allures de ferme abandonnée. Je pensais à Virginie. Comme tous les jours, à tous les instants. Sera-t-elle rassurée de savoir son mari encore en vie, amaigri mais relativement en bonne forme ? Ou le choc psychologique de me voir sans me toucher ni me parler sera-t-il encore plus dur à encaisser ? Comment vit-elle de son côté cette sordide attente ? Finalement, elle est sans doute plus otage que moi, à ne rien savoir et ne rien pouvoir faire. Comment peut-elle trouver le sommeil, et la force de se lever chaque matin de plus ? Pour aller à son travail. Pour s'occuper de Clothilde. Mes poings se serrent à chaque fois que je pense à elles.

Je demande à parler à mon interprète. Je le supplie de m'accorder une faveur. A défaut de pouvoir lire, de passer le temps, j'aimerais pouvoir écrire. Juste une lettre pour ma famille. Une seule lettre à destination de ma femme. Leur adresser un dernier message, au cas où. Je le supplie, sans cris ni arrogance. Avec toute l'humilité et la volonté d'un homme qui n'en a presque plus. L'homme ne dit rien, mais je vois enfin passer dans ses yeux une lueur de compassion, ou de résignation. Dix minutes plus tard, la porte s'ouvre. On me remet quelques pages blanches de mauvaise qualité et un crayon de bois.

J'ai mis trois jours pour rédiger une lettre, qui tient sur une page. L'homme l'a lue, et relue. Et relue encore. En me posant quelques questions.

« Clothilde ?

– Ma fille, de 2 ans…

– Alain ?

– Un ami.

– Rouen ?

– Une ville romantique.

– A la revoyure ?

– Ca veut dire, on se revoit bientôt…

– TGV ?

– C'est un train rapide.

– Alors écrivez train rapide… ».

A contrecœur je le sentais bien, mais en homme d'honneur dont il se revendique, l'homme m'a assuré qu'il avait transmis la lettre, à l'attention de Virginie. Je n'ai pu retenir un sourire sur mes lèvres, le premier depuis ma détention. Le soir, je me suis allongé au plus près d'une ouverture laissant entrevoir au travers du toit quelques étoiles. J'en fixais deux ardemment en serrant dans mon cœur l'image de mes princesses. Il suffisait d'attendre. Encore et toujours. Et d'espérer. Ou de prier.

***

« Bureaux du Quai D'Orsay, j'écoute.

– Bonjour. Je souhaiterais parler à Mr Dubreuil s'il vous plait. De la part de Mme Gallois.

– Un instant je vous prie. »

La musique de Chopin qui tournait en boucle depuis quelques minutes ne parvenait pas à calmer son impatience. Elle imaginait très bien Mr Dubreuil chausser ses petites lunettes rondes, soupirer et masser nerveusement l'arrière de son crâne dégarni. Passez la moi, avait-il dû finir par dire dans un souffle râleur.

« Madame Gallois, oui bonjour, Mr Dubreuil à l'appareil. Ecoutez, rien de nouveau de notre côté. Comme je vous l'avais dit, je vous appellerai dès qu'un élément supplémentaire s'ajouterait au dossier. Nous faisons le maximum. Nous gardons le contact avec les ravisseurs de votre mari, les tractations avancent. Il faut nous faire confiance, le président lui-même…

– Moi, j'ai du nouveau, coupa sèchement Virginie

– Du nouveau, comment ça ?

– J'ai reçu une lettre d'Antoine hier. Il faut absolument que je vous rencontre, que je vous la montre aujourd'hui.

– Une lettre ? Vous voulez dire, une lettre manuscrite, de la main d'Antoine ?

– Oui, exactement. Je certifie que c'est bien Antoine qui l'a rédigée. C'est bien son écriture. Pour autant son contenu est… curieux. Il faut vraiment que je vous la montre au plus vite. Je crois qu'elle peut nous aider.

– Faxez-la-moi, je vais mettre quelqu'un dessus…

– Vous ne comprenez pas. Je crois que mon mari nous aide à le retrouver. J'ai besoin d'être là pour tout vous expliquer. Il ne faut pas perdre de temps.

– C'est que… Bon, d'accord, rejoignez-nous d'ici une heure.

– Merci Mr Dubreuil, je me mets en route. »

Les yeux rougis d'émotion, Virginie reposa le combinée et s'organisa pour partir au plus vite. Elle vérifia par deux fois qu'elle avait bien mis la lettre dans son sac.

Mes Amours,

Je suis triste de me sentir si loin de vous. Sachez que je pense à vous, à chaque instant. Et que vous comptez énormément pour moi. Rassurez-vous, je vais bien, je ne manque de rien. J'ose espérer qu'il en est de même pour vous. Soyez patientes, tout finira certainement bientôt. Et tout redeviendra comme avant, j'en suis sûr. J'ai le temps à la demande pour repenser à ma vie. Elle n'a pris tout son sens qu'à la minute où je t'ai rencontrée à l'école de Saint-etienne.

Ton sourire m'a vite conquis lorsque j'ai senti qu'il disait « à la revoyure ». Te souviens-tu de notre premier voyage en amoureux lorsque je t'ai emmené à rouen depuis Paris, le train rapide s'était arrêté, nous avions sûrement mis le triple du temps prévu ! Mais c'est pendant ce long trajet à la lumière éteinte où j'ai compris que Moi, Antoine, je voulais faire ma vie avec toi et que nous aurions alors plein de projets jusqu'à nos vieux jours.

Cette première nuit d'amour dans la maison d'Alain reste l'un de mes meilleurs souvenirs. Dis à la petite fille de mes rêves, ma douce Clothilde d'amour, que quoiqu'il arrive elle m'a donné énormément de bonheur et que son Papa l'aime très fort, à tout jamais…

Antoine.

« Vous trouvez que c'est digne d'une lettre d'adieu ?

Projetée sur le mur d'une salle de réunion, la lettre d'Antoine s'étalait sans pudeur et focalisait des regards concentrés. Virginie la connaissait par cœur, et scrutait la moindre réaction. Dans sa représentation du Quai d'Orsay et de la gravité de la situation, elle s'attendait à un staff au grand complet ; autour d'une vaste table ovale, un nom imprimé devant chaque intervenant, des cartes du monde dépliées, des uniformes gradés, un orateur au micro qui donnerait la parole aux uns et aux autres. Une organisation à la hauteur de sa détresse. L'atmosphère solennelle était bien là mais émanait plutôt de la gêne et du silence des trois seuls interlocuteurs. Leurs costumes sombres étriqués juraient avec le faste des dorures et les immenses fenêtres boisées de la pièce. Mr Dubreuil s'était entouré de Jacques, diplomate au ministère des affaires étrangères, bien au courant de l'avancement de l'affaire. Et de Paul, qui fut à peine présenté, et vu son jeune âge semblait tout droit sorti de l'école ou même encore stagiaire. Ces derniers semblaient attendre avec hâte que Mr Dubreuil rompe l'embarras et mène l'entretien.

– N'y-a-t-il rien qui vous choque ? reprit Virginie agacée par l'inertie pesante de ce début de réunion.

– Je ne peux pas en juger, Madame, je ne connais pas votre mari, ni son style, vos références…

– Moi je les connais. J'ai passé la nuit à ruminer son message. Soit ils l'ont complètement lobotomisé, et Antoine ne sait plus parler ni ce qu'il dit. Soit il rédige un texte absurde mais subtilement pensé pour nous dire quelque chose.

– Un message codé vous voulez dire ?

– Oui, j'ai plusieurs raisons de le penser. Je souhaite vous donner mon interprétation sur certaines phrases qui me laissent pantoise. Ensemble nous y verrons sûrement plus clair.

– … à la revoyure, marmonna Jacques comme pour lui-même

– Justement, rebondit Virginie. A la revoyure. D'une part ce n'est pas français et mon mari parle de manière éloquente, précise. Il est commercial, je vous le rappelle. Il n'y a aucune raison, même dans son état, qu'il emploie ce mot. Le reste du message est blindé d'incohérences, et j'y reviendrai, mais ce qui me saute aux yeux, c'est ce « à la revoyure » qui est hors contexte.

– Il veut attirer notre attention ? suggéra Mr Dubreuil

– C'est exactement ce que je me suis dit. C'est ce qui me fait croire qu'il y a un message dans son message. Je pense qu'il emploie ce mot suffisamment surprenant et impropre pour que l'on ne s'attache pas au sens de la phrase. Mon sourire qui semblait dire « à la revoyure »…

– De même, à la demande, à la minute, ce sont des formulations curieuses je trouve, ajouta Jacques

Chacun répétait les phrases dans sa tête ou à demi-mots. Le soleil tapait derrière les persiennes et la chaleur commençait à monter dans la pièce.

– Attendez, je crois que j'ai une idée. Les yeux de Jacques parcoururent une fois de plus la lettre dans son intégralité. Je compte une… deux, trois… quatre, cinq « à la » quelque chose. « A la revoyure » selon moi met l'accent sur ce qui précède revoyure, puisque ce mot semble avoir été choisi pour fixer notre attention. A là… Allah. Vous saisissez ?

– Ok, reprit Mr Dubreuil en claquant machinalement des doigts. Ca se tient. Antoine – vous permettez Mme Gallois que j'appelle votre mari Antoine ?

– Bien sûr, faites.

– Antoine est retenu par des talibans, ça nous le savons. Jacques, vous pensez donc qu'Antoine nous les énumère dans sa lettre en les désignant par le nom de code « Allah » ?

– Cinq fois les mots « à la » vous dites ? Il y aurait donc 5 fous de Dieu autour d'Antoine ? C'est précieux comme information ça Mr Dubreuil, non ? s'agita Virginie.

– Jacques, c'est crédible comme chiffre ?

– Ils doivent le retenir dans un endroit isolé. Le gros de la troupe doit se cacher ailleurs et être plus mobiles. Cinq assaillants pour veiller sur Antoine, oui dans l'absolu ça me parait raisonnable.

– Bon voyons si on y trouve d'autres indices, enchaine Mr Dubreuil en ôtant sa veste comme si d'un coup les choses devenaient intéressantes. En tout cas, c'est malin, dit-il à Virginie dans un demi-sourire.

Virginie se détendit un peu. Elle sentait enfin une once de motivation dans l'équipe. Mais il leur fallait évidemment plus de concret pour débloquer la situation.

– Il faut bien sûr imaginer que cette lettre a dû être passée au crible avant l'autorisation d'être postée. Antoine a dû se creuser la tête pour construire un discours qui ne donne pas l'impression de divulguer des informations tout en étant crédible dans son contenu.

– Si j'en crois la tournure de certaines phrases, ou au choix d'un vocabulaire pauvre ou inapproprié qui ne lui ressemble pas, Antoine devait compter sur le français approximatif d'un interprète pour se permettre des allusions. Il faut donc se pencher sur tout ce qui peut nous paraitre bizarre », lança Virginie dans un élan de leadership.

Et pendant une heure et demie, chaque mot chaque phrase fut décortiquée pour décoder l'intention. Virginie les guidait pour pointer les zones d'ombre. Comment ne pas relever le fait que tout ce qui se rapporte aux souvenirs évoqués par Antoine ne soit jamais arrivé dans la réalité. Et ça, un geôlier traducteur ne pouvait pas le contrôler, ni contredire ces souvenirs. C'était bigrement risqué mais intelligent. Les « Allah » se seraient-ils fait duper par une lettre parfumée à l'émotion ?

Virginie et Antoine ne se sont pas connus à l'école de Saint-Etienne. Elle ne détailla pas pour autant comment ils se sont rencontrés, ce n'était ni le moment ni l'endroit pour l'exposer, mais assura qu'elle ne connaissait pas cette ville.

« J'ai un neveu qui a étudié là-bas, fit Mr Dubreuil pensivement. Comment diable s'appelait cette école déjà, une école connue ?

– Si je peux me permettre, la plus connue est l'Ecole des Mines de Saint-Etienne, intervint pour la première fois le petit jeune. Mr Dubreuil fit le lien.

– L'école des Mines, bien sûr… Vous pensez à ce que je pense, Jacques ?

– On peut l'interpréter comme une mise en garde, en effet. La présence de mines, ou de tous autres engins explosifs aux alentours de son lieu de détention.

– Très bien, ce n'est guère rassurant, mais continuons si vous le voulez bien. Virginie avait repris une voix plus posée. Je n'ose y croire, mais l'idéal serait d'en savoir un peu plus sur son lieu de détention, comme vous dites… »

Virginie ne croyait pas si bien dire. C'est Jacques qui décrocha l'indice suivant. Virginie attesta qu'elle ne s'était jamais rendue à Rouen avec Antoine. Il y avait bien une raison à designer Rouen plutôt qu'une autre ville. La précision « depuis Paris » avait-elle son importance dans la mesure où le couple a toujours habité la capitale ? Après un temps de réflexion, Jacques soumit cette idée aux autres : Rouen par rapport à Paris. Rouen par rapport à la capitale du pays. Rouen, à environ 150 km au Nord-Ouest de Paris. En transposant ces données au Pakistan, on pouvait imaginer qu'Antoine leur donnait une indication précieuse, si ce n'est même la plus primordiale. Où se cache Antoine. Cela donnerait un lieu à 150km à vol d'oiseau d'Islamabad environ, dans la direction Nord-Ouest. Antoine aurait choisi précisément Rouen par rapport à sa distance et sa position géographique pour le situer au mieux.

« A votre avis Mme Gallois, est-il pertinent de penser que votre mari sache mentalement et correctement positionner Rouen par rapport à Paris ? A-t-il suffisamment le sens de l'orientation pour partir dans cette direction, si j'ose dire ?

– Assurément, certifia Virginie. Antoine a hérité du sens de l'orientation de son père, c'est indéniable. Et pour avoir souvent voyagé en déplacement dans toutes les régions de France, s'il vous dit qu'il est à Rouen par rapport à Paris, c'est que la marge d'erreur est faible. Je me demande même s'il n'y est pas allé l'année dernière en train…

– Et oui, regardez, si je relis la phrase : le train rapide s'était arrêté, nous avions mis le triple du temps prévu. Paul, essayez de me trouver le temps moyen en train pour faire Paris-Rouen. Et la distance exacte aussi. Antoine a dû être emmené en voiture après son kidnapping. Dans ces régions montagneuses, 150 km à vol d'oiseau ne veulent rien dire. Si on peut en plus avoir une idée du temps de parcours en voiture, ça nous aiderait en effet pour extrapoler la position. »

A la fin de la réunion, alors qu'il venait de faire livrer du café pour tous, Mr Dubreuil fit le point sur la situation.

« Bon, je crois en effet que nous avons suffisamment de matière pour tenter quelque chose. »

Il récapitula les faits. Antoine était retenu au nord-ouest de la capitale, à environ 135 km, accessible par la route en 4h30, après les vérifications nécessaires. 5 personnes devaient monter la garde. L'allusion à la maison d'Alain, permettait de penser que le lieu de rétention ressemblait à un refuge de dimensions modestes. Virginie avait pu trouver sur Internet des photos de la bâtisse que leur ami Alain mettait en location. Cela leur donnait une idée de la taille ou de la forme de la maison à identifier, sans préjuger de l'exactitude de cette information. Si ces indices s'avéraient plausibles, il allait être sans doute relativement aisé de demander à une équipe de la DST de quadriller une zone pour rechercher une telle cible sur des images satellites ; et envisager une reconnaissance sur le terrain le cas échéant. La sortie de crise n'était pas pour autant gagnée, mais il y avait une carte à jouer, à la barbe des ravisseurs.

Paul se permit soudainement d'interrompre la discussion.

« Y'a un truc bizarre avec les majuscules », fit-il. Tout le monde releva la tête, certains vers le jeune homme dont les joues se teintaient de rouge, d'autres vers le mur où la lettre était toujours projetée. Regardez, il écrit rouen sans majuscule, mais il en met une à Paris. Idem pour Saint-etienne. Y'a des J' en fin de ligne, plutôt que de recommencer une phrase à la ligne.

Après quelques secondes de silence, Virginie se leva d'un bond de sa chaise.

« Mais oui, Antoine nous fait un croquis ! Regardez, toutes les majuscules sont alignées ! »

Elle se dirigea vers le paperboard déjà noirci d'éléments, et attaqua une nouvelle feuille banche. A main levée, elle traça des lignes droites pour relier toutes les majuscules du texte. Il en résultait un plan grossier composé d'un rectangle principal, le contour de la maison, et de plusieurs traits verticaux et horizontaux, symbolisant des cloisons pour délimiter des pièces. Virginie interpréta l'absence de réaction de l'équipe comme la preuve d'un coup de génie de son mari.

« Et maintenant, nous savons même où se cache Antoine dans cette maison », interféra Mr Dubreuil, le regard brillant. Il vint prendre des mains le feutre de Virginie et dessina une croix noire dans la petite pièce de droite révélée par le croquis. C'est là où il se trouve. « Moi, Antoine », c'est comme ça qu'il nous donne sa position, à l'intérieur de ce carré, vous ne croyez pas ?

Une effervescence joyeuse prit part entre les murs austères de la salle de réunion. Chacun se félicita et y allait de son commentaire sur ce qu'ils venaient de découvrir dans cette matinée pour le moins mouvementée. Mr Dubreuil s'approcha de Virginie et lui dit :

« J'appelle sur le champ le Président pour le tenir au courant de ce changement de situation. Cette fois-ci, je pense qu'on a les éléments nécessaires pour agir…

– Attendez, vous voulez dire que jusqu'à maintenant, il n'a rien fait pour sauver mon mari ?

Mr Dubreuil la regarda fixement dans les yeux.

– On ne négocie pas avec les terroristes Mme Gallois. »

***

Un bruit assourdissant le réveilla à l'aube, alors que la nuit n'était pas encore levée.

Antoine entendait le vrombissement de ce qu'il imaginait être des hélicoptères.

Ca criait en arabe, et courrait dans tous les sens.

Machinalement, aux premiers coups de feu, il tomba de sa couche pour se mettre à terre, recroquevillé.

Il ne pensa à rien, juste s'interrogea-t-il si c'était le début de la fin, ou l'inverse.

Soudain, la porte de sa pièce s'ouvrit sans ménagement.

Point de djellaba recouvrant des pieds nus en sandales. A la place, des rangers dans un treillis militaire bleuté.

Antoine sourit.

Il était sauvé. Il s'était sauvé.

Sa femme l'avait sauvé.

Merci Monsieur le Président.

Des goûts

J'étais tranquillement installé en seconde classe d'un train corail à destination d'Etaples-Le Touquet. Je rendais visite à ma grand-mère, le temps d'un week-end sans agitation mondaine planifiée. Le ciel bleu de la côte d'Opale n'avait ce jour rien à envier à celui azur plus au sud. Le vent se levait gentiment, je savourais à l'avance l'air vivifiant et la belle lumière qu'une promenade dans les dunes me promettait. J'aime tant cette plage du Touquet à l'arrière-saison, lorsque l'excitation estivale s'évanouit, comme des décorations de Noël pour un temps recluses au placard.

Le train s'arrête en gare d'Amiens pour dix minutes d'arrêt. Le temps que les mécaniciens changent la locomotive pour une diesel, car passé Amiens les lignes ne sont plus électrifiées. Entre ceux qui reviennent de leur pause cigarette sur le quai, et ceux qui prennent le train en marche, je n'avais pas encore d'idées précises sur l'affluence dans le wagon. Car j'aime les compartiments calmes, et j'aime les places libres devant moi, comme tout le monde. Manque de chance, une demoiselle se débattait avec sa valisette au-dessus de moi, et s'assit dans le siège me faisant face. Je l'accueillis sans amabilité.

C'était une jeune fille sans charme particulier. Pour cela, je ne lui en tenais pas rigueur. Plus que son maquillage sophistiqué qui lui donnait un air de chouette éberluée, c'était la présence de son chewing-gum qui m'insupportait, et sa manière désinvolte, voire bruyante, de le mastiquer. Sa jupe courte, ses bas-résilles, sa veste en cuir, sa poitrine déjà imposante, l'affichaient clairement comme une petite Lolita, et je m'abstiens d'exprimer ce que mon côté dandy un peu réac pouvait penser d'elle. Elle siégeait là, et quoique j'en dise, c'était bien là tout son droit, ne m'en déplaise.

Le train a redémarré. Tout le monde s'était rassis. Un bruit de fond velouté animait le compartiment comme dans une brasserie fréquentée.

C'est alors que je l'ai vu sortir de sa sacoche usée, un livre écorné. Elle effeuilla les pages jusqu'à retrouver son marque-page, un ticket de métro tout froissé. Elle se cala dans son fauteuil en affaissant ses rondes épaules, croisa les jambes en me frôlant négligemment du talon, et s'inclina sans hâte dans sa lecture. Sur la couverture, une cage à oiseaux, vide, semblait se balancer dans les airs, le perchoir abandonné, la grille ouverte. Son titre, « L'Envolée ».

J'aimais bien ce titre. L'Envolée. J'avais mis du temps à le pondre. Inconsciemment, il évoquait l'enfance, volée. Et symbolisait bien le parcours d'une femme qui, avec le temps, mûrit, réfléchit, et vole de ses propres ailes. La Lolita sophistiquée tenait dans ses mains mon dernier livre.

Je ne sais quel sentiment m'a envahi le premier. La fierté, la surprise, ou la déception ? Les trois en même temps, sûrement. C'était la première fois que cela m'arrivait et je n'étais pas préparé à ce qu'il pouvait y avoir de cruel et de violent dans cette coïncidence. Car l'écrivain, lorsqu'il écrit, ne sait pas pour qui il écrit, se fiche de savoir pour qui il écrit. Tout juste sait-il lorsqu'une phrase va choquer une mère, ou agacer sa femme. Mais étudier en temps réel les réactions d'une lectrice est une vraie torture. Car la jeune fille n'accroche pas, ça se voit, ça se sent. Elle n'arrête pas de lever la tête, son regard s'évade par la fenêtre. Elle semble continuellement reprendre la même phrase, comme si elle ne percutait pas. Parfois, même, elle soupire. Son portable ne sonne pas, pourtant elle le tripote, ou le scrute, pour rien. Elle n'est pas disposée. Comment pourrait-elle être émue par cette scène, à la tombée de la nuit, lorsque la fille entre, aussi fébrile qu'un spectre, dans le salon rustique, et s'apprête à décacheter la lettre, qu'elle tient de ses mains tremblantes, devant ses parents, liquéfiés, si elle ne se concentre pas un peu. Est-elle tant rebutée par le style ou s'est-elle forgée un avis dès la page 30 et n'ira pas plus loin ?

Je n'arrivais pas à tenir en place sur mon siège, et remuais sans cesse, mal à l'aise, et nerveux. Pour me rassurer, je me disais qu'elle était contrariée, pensait à autre chose, son petit ami qui ne l'avait pas accompagné à la gare, que sais-je… Mais non, elle semblait apaisée, simplement absente. Mes mots n'arrivaient pas à accrocher son attention, elle fuyait mes personnages comme on évite quelqu'un dans la rue. Mon livre l'ennuyait, et cette évidence me brûlait tous les pores de la peau. Je me retenais d'intervenir, j'avais envie de la secouer par les épaules, et lui dire « concentre-toi, enfin ! ». Pour un peu, je lui proposerais de lui faire la lecture, pour mettre le ton, et l'encourager à poursuivre. Je lui résumerais quelques passages, qui traînent un peu en longueur oui sans doute ; je l'emmènerais jusqu'à la fin, pour qu'elle comprenne enfin, comment tout s'imbrique, qu'elle pleure aussi, peut-être. Elle n'a pas le droit de repousser, comme ça, son assiette, du bout des lèvres, dédaigneuse, alors que j'ai passé tant de temps en cuisine, pour que tout soit parfait… Dans la vie, on se force Mademoiselle, on va au bout des choses…

Je la dévisageais sans cesse, par des coups d'œil furtifs. C'était plus fort que moi. Elle n'était pas convaincue par l'écrivain. Paradoxalement j'étais captivé par ma lectrice. Et j'avais très envie de lui demander, comment diable, en pesant mes mots, une fille de votre… style, s'était penchée sur mon bouquin. Ça m'intéressait, vraiment.

Je crois que j'étais doublement dépité par des circonstances atténuantes, ou aggravantes, c'est selon. Voilà plus d'une heure que la voisine de gauche de la jeune fille était littéralement plongée dans son livre de Marc Lévy. On pouvait suivre dans ses yeux tout le suspense et l'intérêt que chaque phrase lui procurait. Elle ne bougeait pas, tout juste clignait-elle de l'œil, et tournait frénétiquement chaque page. Ah c'est sûr qu'un Marc L., une Amélie N., ou un Eric-Emmanuel S. pouvaient s'asseoir l'esprit tranquille, le cœur léger, dans n'importe quel train corail ! Je me persuadais que mon livre était un peu plus profond qu'un roman de gare, et ne pouvait être apprécié à sa juste valeur, c'est le cas de le dire, entre deux annonces du contrôleur, et les rires gras de trois commerciaux en partance. J'avais envie de leur suggérer d'échanger leur lecture. J'envisageais plus ma Lolita picarde friande de Marc Lévy, et sa voisine à grandes lunettes en écailles véritables s'investir dans mon histoire. Pour couronner le tout, mon voisin de droite venait de sortir une clémentine. Il ne me restait plus que quelques secondes avant que celui-ci ne l'épluche, pire la mange, et que je rentre en apnée. A l'échelle des incommodités, en ce qui me concerne, il n'y a pire supplice que de subir une telle agression, qui plus est dans un train. J'ai une aversion totale pour les fruits qui s'épluchent, qui éclaboussent, qui font du bruit, qui assaillent le nez. Sur le podium, la clémentine passe tout juste derrière la pomme ; et devance de peu la banane. Exaequo avec les cerises. Pourtant, mettez-les moi tous dans une compote ou sur une tarte, je m'en lèche les babines. Mais alors, à l'état naturel… je peux sincèrement avoir la nausée. Certains sont dégoûtés par les pieds. Les cheveux gras. Moi, par les fruits qu'on épluche, je n'y peux rien.

A ce stade, j'avais la tête prise comme dans un étau. La Lolita définitivement lassée, repoussant mes écrits qui désormais avaient vue plongeante sur ses cuisses appétissantes ; sa voisine concentrée, imperturbable, qui me jetait avec provocation son Marc Lévy en plein visage ; et l'autre indécent, qui m'étalaient ses épluchures sans conscience de ma répugnance. C'en était trop, je manquais défaillir et songeais à changer de place. Il me restait une dizaine de minutes à tenir, lorsque je lus, plein de dégoût, « Gare de BERCK » à travers la vitre.

M'apprêtant à descendre du train, je rassemblais en hâte mes affaires. Je me sentais vidé, ce voyage m'avait épuisé. Je n'aspirais qu'à respirer une bouffée d'air frais. J'ai dû malgré moi lancer un dernier regard vers la jeune fille, légèrement insistant. Elle leva la tête vers moi et fut sûrement surprise de lire dans mes yeux tant de désespoir, ou d'espoir refoulé.

« On met ta photo ou pas ? », m'avait demandé mon éditeur, m'affirmant que cela créait une certaine proximité avec le lecteur. Je remerciais le ciel d'avoir eu, pour une fois, le dernier mot.

Calcul mental

Il doit bien y avoir un mort par seconde sur Terre.

C'est un postulat. Je ne prétends pas l'avoir vérifié. J'ose espérer que c'est la fourchette haute. Disons que c'est une moyenne plausible.

Morts de sa belle mort, attentats, conflits, accidents, catastrophes naturelles, tueurs à gage, psychopathes… oui, raisonnablement on peut se dire qu'un être humain, quelque part sur le globe, meurt toutes les secondes.

Cela fait soixante décès par minute.

Quasiment le nombre d'êtres aimés pour une personne. J'entends par-là la famille ou les amis proches, en ce qui me concerne. Ceux qui me sont les plus chers si vous préférez. A la réflexion, ça fait bien plus que ça, mais bon ça ne change pas fondamentalement les données du problème.

Admettons qu'il en soit de même pour vous. Donc en une minute, c'est comme si toutes les personnes que vous côtoyez le plus, ou que vous chérissez le plus, disparaissaient d'un seul coup. C'est en mettant des visages sur ce nombre que l'on se rend mieux compte de ce que ça donnerait.

Bon, fort heureusement, il y a peu de chances que ça se produise dans la même minute, la probabilité est infinitésimale. Mais quand même, ça fait quelque chose.

Maintenant, un autre postulat, et une hypothèse.

Partons du principe que nous sommes six milliards d'individus sur Terre. 6 000 000 000 si vous préférez visualiser cette donnée sous une forme plus spectaculaire. En réalité, nous sommes déjà bien plus, et à l'instant où vous lisez ces lignes, nous le sommes encore un peu au-delà.

Bien, imaginons à présent, qu'à partir de maintenant, top, il n'y ait plus aucun bébé qui vienne au monde ; plus de naissances ; plus de nouvelles générations, bref plus de procréations qui depuis des millénaires font que nous sommes là, et que nous serons encore là demain, sous une forme héréditaire, tant que cette hypothèse grotesque ne sera pas vérifiée.

Alors, sur la base de ces données susmentionnées, il ne faudrait pas moins de 190 années, soit presque deux siècles, pour faire disparaitre à ce rythme l'humanité.

Ce temps me parait à la fois monstrueusement long, et radicalement court.

Voilà, c'est tout ce que j'avais à dire.

Les scientifiques les plus rigoureux objecteront allégrement ce résultat mais conviendront de la logique du raisonnement, et sauront, je n'en doute pas une seconde -soit moins d'un mort- proposer un modèle mathématique des plus appropriés.

Arthrose ou Arthrite

Peut-être aimez-vous, comme moi, les histoires inspirées de faits réels. Quoi de plus alléchant qu'une bande-annonce stipulant que le film que vous allez voir est inspiré de faits réels ? Car qui mieux que la vie elle-même peut mettre en scène des intrigues, des rebondissements, des tragédies, une profondeur émotionnelle, que la meilleure des fictions ne saurait imaginer ou égaler.

Ainsi j'aimerais vous conter une petite histoire qui m'est arrivée. Inspirée de faits réels ne signifie pas qu'elle fût forcément spectaculaire, je préfère vous prévenir. D'ailleurs, quand je dis que cette histoire est vraie, qui vous dit qu'elle l'est réellement, ou qu'elle ne soit pas édulcorée à partir d'un vague évènement, factuel peut-être, mais dont le dénouement n'est pas prouvé. Le lecteur appréciera à sa juste convenance si la véracité de cette histoire est définitivement d'une importance primordiale ou non.

L'action se passe à Lyon.

Lyon, son Rhône, sa Saône, sa presqu'île entre les deux ; ses traboules, sa place Bellecour, son Guignol, loin d'être le seul ; ses bouchons gastronomiques, ses bouchons périphériques, sans parler des bouchons d'une région viticole haute en couleurs ; sa tour dite du Crayon, usé mais pratique, sa basilique Fourvière que chacun prononce au moins une fois fourrière dans la précipitation, son Olympique lyonnais qui ne compte que des supporters lorsqu'il gagne ; son parc de la Tête d'Or, gigantesque et somptueux havre de paix des lyonnais, où votre petit citadin de fils peut s'extasier à loisirs devant un lion fatigué, une girafe indifférente, un ours féroce baillant aux corneilles, un flamant-rose virant au gris, un crocodile amorphe, un éléphant neurasthénique et j'en passe, comme s'il tournait lui-même son livre d'images, et vous regarde admiratif et reconnaissant, comme quoi, parmi tout ce que vous lui racontez, entre fantômes, dragons et Père Noël, certaines choses existent vraiment.

Chaque dimanche, le matin de préférence, quel que soit le temps j'en fais le serment, je me fais violence pour chausser mes baskets et rejoindre les grilles dorées et rassurantes de ce parc de la Tête d'Or, pour m'enquiller quelques tours, ce qui signe ma sortie sportive hebdomadaire. Qui n'a jamais été adepte du footing ne sait pas que même l'aficionado éprouvé doit se faire violence pour aller courir, avant de ressentir toute la joie, le bien-être et la fierté que cet effort a engendrés. Sensations que le corps ne délivre que s'il jauge que la persévérance des premières foulées et l'engagement mental méritent récompenses.

Je cours généralement un tour de parc en vingt-trois minutes et une poignée de secondes. Attention, il va de soi que j'emprunte le grand tour extérieur, mais j'ajoute en plus le petit tour de l'île à mi-parcours du circuit, ce qui me rallonge d'un kilomètre. Au total, mon tour du parc comptabilise cinq kilomètres. Ce qui vous donne une idée de mon allure sportive, encore que cette donnée soit un exemple typique d'un fait annoncé comme réel et qui ne l'est peut-être pas.

Il se trouve qu'un jour, dans l'idée de valoriser tous ces efforts dominicaux réguliers, me vint l'envie de m'inscrire à un évènement sportif, un trail plus précisément, qui n'est rien d'autre qu'une course à pieds dans un environnement plus sauvage et naturel. Autrement dit, contrairement à des courses de type marathon, un trail comporte du dénivelé sur des terrains accidentés. Il était donc nécessaire de quitter un temps la platitude et la routine du Parc de la Tête d'Or pour entraîner mes gambettes à l'adversité des montées et l'agressivité des descentes.

Pour cela, on peut compter sur Lyon pour endosser le rôle du terrain de jeux idéal. Rien que pour monter sur la colline de Fourvière, il y a de quoi s'essouffler à défaut d'avoir trois arrêts cardiaques. Même combat pour la Croix-Rousse, et point de salut du côté de Sainte-Foy. Quant en cumul de marches d'escaliers, c'est à se demander si l'on n'approcherait pas de la stratosphère. Bref, il y avait de quoi forger un athlète, conditionner sa créatine à minima.

Ce dimanche matin-là, je prenais donc à gauche plutôt qu'à droite, direction le centre et ses hauteurs. Les rues étaient calmes, la ville semblait se dévoiler sous mes pas, et je la découvrais comme jamais je ne l'avais regardée. Je me sentais comme dépaysé dans ma propre ville. Les ponts n'étaient plus seulement des passerelles, mais des points de vue qui mettaient en lumière des détails habituellement hors-champ ; et en jetant un coup d'œil par le parapet, je réalisais que l'eau avait eu le temps de couler sous les ponts depuis que j'étais devenu lyonnais.

C'est dans la montée Nicolas de Lange que je l'ai croisé pour la première fois. Cette montée permet de relier le quartier Saint-Paul au parc des hauteurs, perché sur un flanc de la colline de Fourvière. Véritable coin de verdure, loin du tumulte du centre-ville pourtant tout proche, son accès se mérite pour qui vient de cette montée. Car « montée » est dans ce cas un euphémisme dans le champ lexical des ascensions. Elle se compose d'un unique escalier de 563 marches exactement, large de deux mètres environs, encadré de part et d'autre de murs de pierres imposants. Cela donne un effet tunnel pour qui le grimpe, accentué par les arbres qui avec le temps ont déployé leurs lourdes branches comme une levée de sabres. Le grimpeur se sent comme un pénitent sur son chemin de croix pour l'accès au paradis. Quatre-vingt-dix mètres de dénivelé positif séparent la première marche de la dernière, et il ne faut pas loin de six minutes d'effort à ma foulée pour arriver à bout de ce calvaire.

Les premières fois il m'était impossible de monter d'une traite. Quelques légers replats toutes les vingt marches appelaient comme un panneau subliminal à reprendre son souffle. Au début, les marches sont plates et profondes, on s'émerveille de les enjamber deux par deux, en se disant qu'on tient le bon rythme. Puis d'un coup, elles se resserrent et enflent, comme des racines qui surgiraient sur son passage. C'est un peu comme le tapis de courses de la caissière. Au commencement, on attrape facilement les produits pour les ranger au compte-goutte dans son sac ; puis on se laisse rapidement dépasser par la cadence infernale des achats qui se heurtent et s'amassent, sans en voir la fin. D'autant plus que l'escalier s'incurve légèrement sur la gauche. En levant la tête pour mesurer d'un coup d'œil le reste à faire, on se surprend à ne distinguer qu'un amas de marches infinies, et on panique un temps à l'idée de se trouver dans un tableau de M. C. Escher où la perspective d'un escalier fait rencontrer l'arrivée au niveau du départ. Oui, cet escalier de la montée Nicolas de Lange donne l'impression d'un labyrinthe sans issue.

Chaque dimanche matin, par tous les temps, c'est désormais un rendez-vous que je prépare mentalement avec mon escalier. Je l'attends avec autant d'appréhension que d'impatience. Jamais je ne le vois ni le surmonte de la même façon.

Celui que je vois toujours de la même manière, par contre, c'est ce vieux monsieur. Qu'il pleuve ou qu'il vente, que la neige ou la canicule s'abatte ou non, je le retrouve montée Nicolas de Lange. Je ne l'aurais rencontré nulle part ailleurs dans la mesure où je l'aurais croisé en totale indifférence. C'est un vieux monsieur, aux quatre-vingt années bien passées je dirais. Toujours vêtu soigneusement, sans que l'élégance soit exagérée ou inappropriée. Il est de ces retraités qui ont le goût et la capacité à se donner de l'allure. Chaudement habillé quand le temps le nécessite ou plus à l'aise lorsque les températures appellent à la décontraction. Son feutre noir est souvent de sortie pour couvrir sa tête. Il me fait penser au flegme raffiné de mon grand-oncle. Positionné du côté droit de la montée, la main droite effleurant le mur, l'autre main tient fermement sa cane brune pour soulager sa jambe gauche. Il avance à petits pas. Lentement, marche après marche, mais il avance.

La première fois que je l'ai vu là, à mi-parcours de la pente, je l'ai dépassé, lancé comme un cheval avec ses œillères. Puis un peu plus haut, je me suis retourné et suis redescendu de quelques marches. J'ai pris peur, à la vue de sa démarche, et me suis demandé s'il savait vraiment où il allait. Peut-être ne connaissait-il par les lieux et s'était aventuré par mégarde dans cette montée. « Monsieur, lui ai-je dit, ça grimpe encore beaucoup vous savez, ça va aller ? Vous êtes sûr que… ». Par son geste de la main qu'il souleva paisiblement, je coupais nette ma phrase comprenant qu'il savait dans quoi il était engagé

« Ne vous inquiétez pas jeune homme, me répondit-il d'une voix claire que j'aurais imaginée plus chevrotante. Je monte à mon rythme, mais je monte…

– C'est que c'est sacrément costaud comme montée, insistais-je.

– Vous savez, je la monte et la redescends tous les jours, je commence à la connaître !

– C'est pas vrai, tous les jours, vous faites l'aller-retour ? dis-je d'un ton sincèrement admiratif.

– Parfaitement. Depuis que j'ai de l'arthrose dans la jambe, tous les jours, je me force à monter cet escalier. Ce n'est pas de tout repos, mais c'est ma revanche à moi. »

Il a dit arthrose, ou arthrite, je ne me souviens plus, je confonds les deux. Je l'ai salué, j'ai dû lui dire bon courage, alors que visiblement il n'en avait aucunement besoin, et j'ai repris ma propre montée, en souffrant des genoux du fait que je me sois refroidi entre temps. J'étais stupéfait, et tout ému de cette rencontre. Je n'en revenais pas de la volonté de cet homme, du combat de ce vieux monsieur, pour contrer ce qu'il refusait d'appeler fatalité. Certes, son médecin avait dû lui dire, il faudrait marcher un peu monsieur, continuer à faire de l'exercice. Mais je sentais que cet objectif, cette contrainte, il se l'était fixée par lui seul. C'était son chemin de croix quotidien vers son paradis. J'étais le mieux placé pour me rendre compte de l'énormité de l'effort consenti et relativiser la fragilité du vieil homme boiteux face à l'impétuosité de cet escalier de pierres.

En haut de l'escalier, les 563 marches enfin englouties, je poursuis généralement sur une boucle de cinq kilomètres supplémentaires, avant de reprendre la montée Nicolas de Lange en sens inverse, et pousser ensuite jusqu'à chez moi. La descente n'est pas pour autant plus facile. La sensation d'infinie est la même, même si l'effort est moindre. La difficulté étant de ne pas noyer son regard dans l'agglomérat des marches mais de les distinguer une par une. Par temps de pluie, ou lorsque l'automne a déposé son tapis de feuilles charnues, le monstre de pierres est traitre. Ce jour-là, je l'avais recroisé à la descente, de dos, imperturbable, marche après marche, concentré dans son devoir. J'avais eu le temps de courir 30 min de plus, avant de le retrouver sur le début de sa fin de parcours. J'ai souri, mais ne me suis pas arrêté. Il n'avait pas besoin de moi. Je n'allais pas lui faire cet affront une deuxième fois.

J'ai depuis troqué mes tours du parc devenus insipides pour ce parcours urbain plus stimulant. Désormais, à chaque sortie dominicale, je suis foncièrement heureux lorsque je le croise sur mon chemin, à la montée ou à la descente, c'est selon. Si ce n'est pas une semaine, c'est la fois d'après, les horaires n'étant pas fixes, ni pour l'un ni pour l'autre. Je lui fais un petit signe de tête lorsqu'il daigne regarder qui le double ou que nos regards se croisent. Je ne suis pas sûr qu'il me remette. Peu importe. Mais je salue et admire systématiquement dans mon for intérieur son obstination héroïque.

Parfois j'aimerais lui dire des mots simples, pour le féliciter, louer son dessein, lui dire que, quelque part, le vieil homme qu'il est m'aura marqué. Le saura-t-il en se reconnaissant un jour dans ce texte ?

Cela fait plusieurs sorties que je ne l'ai point vu.

Cette absence m'attriste. Je m'inquiète pour ce vieux monsieur.

Débile mental

Il y a peu, je me suis permis de publier une réflexion, aussi morbide qu'inutile j'en conviens, mais au seul but d'interpeler mon lecteur.

Il s'agissait de calculer en combien de temps l'humanité s'éteindrait, à raison d'un mort par seconde, sur la base de six milliards d'individus, dans l'hypothèse où les naissances étaient nulles.

Peut-être l'avez-vous lue ?

Le résultat était, à mon sens, sidérant, ou sidéral. Deux siècles s'écouleraient pour venir à bout du dernier homme.

Avez-vous réellement pris ce chiffre pour argent comptant ?

Rassurez-moi, vous n'êtes pas tombé dans le panneau ?

Pardonnez-moi, mais je tiens à un certain standing de mon lectorat. N'y voyez pas là du snobisme, de la vanité, de l'arrogance, ou que sais-je, mais admettez que j'eusse pu espérer mieux.

Quelle est la couleur du cheval blanc d'Henri IV ?

Ah, vous me rassurez. Vous voyez, quand vous voulez…

Alors, reprenez calmement ma théorie, à froid maintenant, et convenez avec moi, que, lorsqu'il n'y aura plus de naissances, l'humanité s'éteindra avec le dernier homme.

Qui à ce jour, sauf cas exceptionnel, ne devrait pas excéder les cents ans, allez, les 110 ans… bon les 127 ans, c'est mon dernier mot.

Mais certainement pas les 190 ans.

Allons, soyez sérieux deux minutes.

(Ou la sphère sentimentale de deux personnes qui disparait…)

Au bout du chemin

Curieuse vie que celle du pèlerin-randonneur. Chaque matin nous abandonnons ce toit auquel nous nous étions adaptés le temps d'une étape. Nous quittons notre hôte avec qui des liens d'amitié commençaient à se nouer. Dans l'air du matin, après une nuit réparatrice, nous traversons d'un pas alerte ce décor éternellement changeant, ces champs, ces chemins creux, ces routes. Nous croisons les gens du pays, que nous saluons. Nous échangeons parfois quelques mots sur le temps, notre provenance ou la longueur du chemin. L'on surveille le balisage comme un timonier suit son cap, on échange avec son compagnon, on gère les souffrances, ses pieds, la lourdeur du sac. On traverse des villes où le monde s'agite. Nous arpentons patelins et campagnes, séduisantes ou ingrates, façades pimpantes ou bâtisses abandonnées. Nous suivons des portions de nationales dans le frôlement menaçant des véhicules. Nous nous offrons des pauses faites d'un biscuit ou d'une gorgée d'eau pris sur le bord du chemin, parfois d'une gourmandise dans une cafétéria où les serveuses sont aux petits soins pour ces marcheurs crottés. Nous faisons un bout de route avec d'autres marcheurs qu'on ne sait au premier abord dans quelle langue aborder. Nous engageons une conversation qui fait oublier les kilomètres. Un lien personnel, voire un bout d'amitié, naissent de cet échange. Et souvent l'étape du soir se fait longue à venir, il y a encore une montée, une dernière ligne droite, interminable, un tournant qui devrait être le dernier et enfin nous atteignons le village, la ville, la ferme isolée, toujours différents de ce que nous imaginions. C'est toujours le frisson de la surprise. Le but est atteint, l'auberge, le gîte ou la maison d'hôtes, le plaisir de la découverte de notre nouveau home, toujours le soulagement de poser son sac trop lourd, de déchausser ses souliers de plomb à côté d'un nouveau lit. Qu'importe le confort, pourvu qu'on puisse s'y allonger… et penser à l'étape du lendemain.

Voilà douze printemps que je marche sur ces chemins de Saint-Jacques de Compostelle. L'édition précédente s'était arrêtée aux portes de Bilbao, en Espagne. C'est donc de ce point de départ que je parcours cette année, non sans émotion, le dernier tronçon jusqu'à Santiago, point final de tous pèlerins engagés dans ce long périple. Habituellement je chemine aux côtés de mes vieux compères, amis de plus de 30 ans. Nous avons vécu ensemble bien des découvertes et des émotions, le départ du Puy, les offices de l'abbaye de Conques, l'ascension du col de Roncevaux, la traversée des monts d'Arrée, l'arrivée à la basilique de Vézelay, les frontons du Pays Basque… L'âge, la maladie ou leur absence m'ont privé cette année de leur compagnie. J'avais donc proposé à mon filleul, Raphaël, un jeune homme de 28 ans, d'être mon compagnon de fortune. Raphaël n'est pas un mauvais bougre, simplement oisif et quelque peu désœuvré, à l'image de cette jeunesse qui se cherche, et j'avais bon espoir que cette aventure lui mette un peu de plomb dans la tête. A ma grande surprise, il m'a emboité le pas, pour ces trente jours de vagabondage. C'était l'occasion pour lui, me dit-il, de se poser les bonnes questions, notamment sur la relation avec sa petite amie. Si j'ai bien compris, il arrivera à Santiago comme au pied d'un mur. Le mur d'une impasse. Ou le mur d'un foyer à construire. Les centaines de kilomètres de notre défi sonnent pour lui comme un véritable compte à rebours.

A vrai dire, chaque pèlerin a ses raisons et ses motivations pour mettre ses pas dans ceux de milliers d'autres auparavant, depuis le moyen-âge. Au fond, nous avons tous en commun le même besoin de nous diriger vers ce point à l'ouest. Il y a la rencontre de ceux qui marchent dans la même direction, ceux avec qui l'on partage quelques mots, ceux qui nous font découvrir leur vie, ceux avec qui l'on refait le monde… Raphaël, beaucoup plus loquace et moins essoufflé que moi sûrement, s'est montré champion pour nouer des liens, et je lui dois de belles rencontres. Immanquablement Raphaël précise, et quel que soit son interlocuteur et sa compréhension du français, qu'il vient de Brest, « oui Brest, à côté de New York ! ». Ce qui a pour effet de laisser la personne quelques instants perplexe. Je frémis, craignant l'incompréhension, mais cette facétie a généralement pour effet de faciliter l'entrée en matières.

La rencontre de Manon la Québécoise m'a impressionné par exemple ; la vraie pèlerine, la vraie mystique ! Au milieu du dortoir de l'alberge de Lugo je la vois assise en tailleur sur son lit, bien droite, le dos des mains sur les genoux, les yeux clos, en plein méditation, immobile en dépit des allées et venues. Je suis fasciné par sa concentration et crains que nos conversations futiles ne l'importunent. Le lendemain au réveil je la revois dans la même position, à croire qu'elle l'a gardée toute la nuit. Quelques jours plus tard, nous la retrouverons dans les rues de Santiago. Elle revenait bouleversée de sa visite de la cathédrale. Ce lieu est l'aboutissement du parcours du pèlerin. Elle nous confie : « J'ai vu la crypte avec la châsse enfermant les reliques de St Jacques. J'en ai pleuré ! ». J'ai été impressionné par sa ferveur.

Motivation mystique et religieuse ? Je me pose la question pour ma part. St Jacques, cet apôtre dont la dépouille aurait échoué sur les côtes de Galice, me laisse incrédule et ce n'est pas cette histoire qui m'attire le plus. J'avouerais que le but est un prétexte, ce qui est important, c'est ce que nous vivons en chemin. Saint Jacques nous appelle, chacun y entend le chant des sirènes à sa façon, nous sommes comme aimantés, et nous marchons, nous marchons…

Sur notre chemin, il y eut également Jonay, un curieux personnage avec qui nous avons partagé un gîte. Un sacré pèlerin ! Espagnol, la quarantaine, il parcourt seul les chemins de l'Europe entière. Il est même allé jusqu'en Laponie, tout ça sans ressources ni travail. Il vit d'aubaines et de la générosité des personnes rencontrées. Sans famille et sans domicile, il arpente les chemins, un lourd sac de 22 kg sur le dos. Il est propre sur lui, le cheveu ras et net, se nourrit sobrement, il est poli et agréable. Marginal, mais rien à voir avec ces jeunes SDF entourés de chiens de nos villes. Nous avons partagé nos pâtes à la carbonara sans quoi il se serait contenté d'un fruit et d'un biscuit. Sa vie, c'est marcher, rencontrer des gens et classer ses souvenirs dans un gros carnet. Il pense qu'il ne trouvera pas de travail ; en cherche-t-il ? Je lui parle de contrats saisonniers, vendanges ou autres récoltes. Il ne semble pas y croire. Au petit matin il rependra sa route solitaire. Nous ne le reverrons plus et nous interrogerons toute la journée sur la vie de cet homme. Avons-nous été trop crédules ou est-il véritablement « chemineau », c'est-à-dire l'homme qui ne vit que sur les chemins ?

Le soir, celui qui nous accueille à l'étape connaît notre fatigue, devine nos besoins. Soit il a lui-même cheminé, soit il vit de ce flux ininterrompu. Nous sommes de son monde, nous ne sommes pas tout à fait des étrangers. Avec notre gros sac marqué de la coquille, nous sommes reconnus par les populations locales. Elles nous abordent, nous interrogent, nous aident, nous conseillent, nous remettent dans la bonne direction, nous félicitent, nous confient leurs prières. Je revois cette femme croisée à l'entrée d'Oviedo, s'adressant à nous pour nous dire « ce que vous faites-là, je n'en serais pas capable ! Je vous admire ! ». C'est toujours émouvant, en même temps un peu gênant. Je nous considère comme des privilégiés, nous en avons la santé, et les moyens. Je confie ce sentiment à Raphaël. Il me répond avec justesse « Il ne faut pas avoir mauvaise conscience, mais en avoir conscience ! ». Je l'ai regardé reprendre la route, guilleret, devant moi, en me demandant s'il aurait eu cette sagesse avant ce pèlerinage ?

Et il y eut la rencontre de Serge et Sybille.

Nous les avons rencontré alors que nous cherchions nous aussi notre chemin. A la nuit tombante avec nos dernières forces nous cherchions le gîte de Piñeres de Pria indiqué dans notre guide. Nous doutions de son existence car ne trouvions aucune pancarte annonciatrice. Le tenancier d'un café nous confirme bien que c'est tout près. Nous nous méfions toujours quand les gens vous disent « c'est tout près », car ils mesurent le temps parcouru avec leur voiture, et ici le parcours côtier est particulièrement harassant. Il serpente en permanence le long du littoral et donne l'impression de faire du surplace. Le temps du trajet, nous faisons ainsi la connaissance de Serge, la soixantaine, lunettes d'intellectuel, vêtu d'une polaire rouge et en short, son sac porté négligemment sur l'épaule, comme s'il partait simplement faire les courses. Il nous présente à son tour sa compagne de route, Sybille. « Ah ! Sybille de Paris ! » nous écrions-nous, celle dont nous avions les jours précédents lu le nom inscrit à plusieurs reprises dans les livres d'or des auberges ou sur des messages à l'attention des marcheurs. Enfin ! Nous la rencontrons et mettons un visage sur ce nom, nous découvrons ses yeux rieurs et ses cheveux blonds ébouriffés, comme si elle avait mis le doigt dans une prise. Est-ce pour cela que le courant est bien passé entre nous ? Nous poursuivrons nos conversations le long des kilomètres, faisant peu à peu connaissance, partageant nos émerveillements, nos fatigues, nos repas et nos étapes. Sans avoir rien convenu leurs pas se sont mis tout naturellement dans les nôtres. Ils apprécient notre rythme : « vous êtes notre locomotive ! » Nous cheminerons ainsi ensemble à quatre jusqu'à la dernière étape. Je vois bien que Raphaël prend du plaisir au contact de ce couple, qui semble uni et bien assorti. Peut-être se projette-t-il lui aussi plus tard accompagné de sa femme sur ces chemins ? Peut-être ressent-il tout l'intérêt et la beauté d'être bien accompagné, de partager des moments forts à deux, d'avoir des projets et de les concrétiser ? Serge lui parle avec affection, avec philosophie même, de ce ton rauque et apaisant de conférencier à la retraite. Sybille, avec son naturel et sa perspicacité féminine, le sermonne tendrement sur ses choix de vie, le raisonne, lui donne son avis, l'éveille aux réalités comme elle pourrait le faire avec ses propres enfants. Venant de moi, ou de ses parents, Raphaël se braquerait, ferait diversion, s'en sortirait par une pirouette comme il sait si bien le faire lorsqu'un sujet l'agace. Je le sens réceptif, touché par les sages paroles de nos compagnons, nullement coercitives, et qui en définitive prônent les valeurs du travail et de l'engagement pour paradoxalement une plus grande liberté et un profond bien-être.

Le peu dont je me souvienne des écrits de Rousseau, c'est l'idée que la nature est parfaite, voire idyllique et que c'est l'homme qui pervertit la nature. Voilà les pensées qui me viennent à l'esprit quand je parcours la campagne espagnole. Elle serait idyllique si sur une grande partie elle n'était pas polluée par l'activité de l'homme, bruits, odeurs, constructions disgracieuses, délabrées ou envahissantes. Je finis par penser que les désagréments olfactifs et sonores le long du chemin font partie de la pénitence que, en plus du poids de son sac et de la fatigue des étapes, le pèlerin doit endurer ! Mais à l'inverse la campagne c'est aussi de belles couleurs, des nappes de brouillard au fond des vallées qui se déchirent avec la montée de la chaleur du jour, ce sont les jeux de lumière du soleil à travers le sous-bois, les contre jours sur le pavé luisant, les multiples parfums de feuille mouillée, de pin sec, d'iode marin, de fraîcheur des cours d'eau. Ce sont aussi les chants d'oiseaux, les gargouillis des fontaines et des sources, les nombreux tintements de clochettes et de clarines accrochées au cou du bétail ; un air de Suisse et de publicité pour le chocolat Milka. On savoure aussi la chaude caresse des vents et la fraicheur de l'ombre après un passage sous un soleil intense… C'est là l'un des beaux côtés du Chemin.

Sur l'avant-dernière étape, je marchais en tête avec Sybille. Nous avions laissé dans un café nos deux compères qui finissaient la retransmission d'un match, et avions préféré fuir cette ambiance bruyante. Cela nous permit d'assister à une scène aussi inattendue qu'attendrissante : dans une pâture une vache ingurgitait une masse visqueuse qui se révélait être la matrice enveloppant le petit veau qu'elle venait de mettre au monde. Consciencieusement elle absorbait et mastiquait cette enveloppe tandis que le nouveau-né était couché dans l'herbe à ses côtés, bien lavé, le poil ocre bien lissé, entouré du reste du troupeau allongé dans l'herbe autour de lui, formant un cercle d'honneur silencieux et digne. Nul fermier visible alentour. Spectacle très émouvant, on croyait assister à la création du monde.

Est-ce cette vision bouleversante qui la poussa à se confier à moi ? Nous nous désaltérons à une fontaine et emplissons nos bouteilles. Sybille me dit que l'étape de demain, l'arrivée tant attendue à Santiago, marquera la fin du voyage et celle de son histoire avec Serge. Je la regarde, ahuri. Demain, leurs pas ne convergeront plus sur le même chemin, vers le même but. Ils se sépareront et ne se croiseront plus. Serge et Sybille ne seront plus compagnons de route, ni compagnons dans la vie. Telle était leur décision avant d'entreprendre ces six cents kilomètres à pieds ensemble. Six cents kilomètres pour se souvenir, repasser trente ans de vie commune, parler de leurs enfants, évoquer les joies, les bons moments, les erreurs. Des kilomètres pour penser, d'autres pour panser. Du temps pour mémoriser chaque parcelle de l'autre, son odeur, sa chaleur. Du temps pour sceller leur affection, leur respect. Du silence pour ne rien oublier, de l'intimité pour se dire merci. De l'étreinte pour se dire adieu. J'ai trouvé ça si beau, et si déroutant à la fois, un couple qui se sépare avec tant de douceur, si paisiblement, après avoir tant partagé. Comme leur voyage de noces, ils avaient imaginé leur voyage de rupture. Ils avaient conduit leurs enfants, mené leur carrière, tenu leur barque comme ils le devaient. Ils avaient accompli ce pour quoi ils s'étaient unis et s'étaient aimés. A présent, ils avaient d'autres pages à écrire. D'autres vies à mener, séparément. Jamais je n'avais imaginé que la symbolique des chemins de Saint Jacques pouvait servir de telles perspectives. J'en reste perplexe, car beaucoup se cherchent sur ce chemin, mais rares sont ceux qui savaient, aussi précisément que Serge et Sybille, ce qu'ils y trouveraient : la sérénité.

Je n'en ai rien dit à Raphaël. Je ne voulais pas briser l'espoir et les promesses qu'il semblait s'être fixés au terme de son propre voyage. Serge et Sybille lui avaient ouvert les yeux, redonné confiance et Raphaël les tenait haut dans son estime. Le pèlerinage marque de son empreinte la pierre, les monuments, la littérature, la toponymie des lieux.

Villes, églises et ermitages sont marqués du passage au cours des siècles de ces hommes et de ces femmes qui cheminent. Et pour beaucoup d'entre eux, le chemin commence réellement lorsque celui vers Santiago se referme.

Instinct

A l'heure où je vous écris, j'aurai trente-cinq ans dans deux jours. Je suis assis sur la terrasse du cinquième étage de la Samaritaine. Je domine Paris, la Seine et je suis heureux ; un Gin Fizz avec trois glaçons que je touille machinalement, les yeux fixant vaguement Paris, la Seine et les tracas de chacun… J'enlève un grain de poussière inoffensif sur mon complet gris anthracite où les fines rayures noires et le col italien indiquent aux gens avertis que le prix, même soldé, avoisinait une petite folie. J'ai acheté ce costume la semaine dernière, je ne le quitte plus, je me sens beau dedans. Je me sens bien. Il y a tout juste cinq ans, j'étais sur cette même terrasse, à cette même table, les trois glaçons dans un verre d'eau. Avec au cœur un tel mal-être qu'il m'était impossible d'admirer cette vue surplombant Paris.

***

Je m'appelle Nils. Je n'ai jamais compris comment j'ai pu hériter d'un prénom pareil, puisque mes parents n'ont aucune origine scandinave. Mon enfance est passée comme un film au scénario bien fade. Rien de spécial à raconter. Milieu modeste, affection parentale neutre, une famille réduite à une grand-mère, scolarité facile, une télé noir et blanc, un chien Olaf. Olaf a longtemps été mon meilleur ami. Non pas que je lui glissais des secrets dans ses grandes oreilles, mais il avait la qualité d'être là, à côté de moi, et de me suivre dans mes moindres déplacements. Je trouvais ça fantastique que quelqu'un, un seul être au monde d'ailleurs, ait envie de me suivre comme ça. Son regard était tellement vide d'énergie, et sa présence si inutile à mes côtés qu'il en était d'autant plus attachant. Je crois que nous nous supportions mutuellement dans notre solitude. Un jour, Olaf est sorti en pleine ville, à ma recherche, ne me voyant pas rentrer. Il s'est fait renversé par le premier autobus qui passait. J'étais parti une semaine en classe verte. J'avais supplié mes parents de ne pas y aller.

Mes parents étaient du genre : « mange ta soupe et tais-toi. Si t'es pas content, va donc chez la voisine ». Il faut dire qu'ils avaient vu juste, parce que la voisine ne me donnait guère envie d'aller partager sa soupe. Une sorte de vieille sorcière énorme, dont le ventre devait contenir une dizaine de petits enfants qui avaient eu le malheur de croire que c'était peut-être mieux en effet chez la voisine… Ma mère était couturière, plutôt douée, elle rêvait d'habiller les princesses de ce monde, mais elle ne serait jamais rentrée à temps de son travail pour dresser le couvert, avant le retour de mon père de l'usine… Papa bossait dur aussi. Ni ivrogne ni violent, mais un père profondément imperméable à la culture et à toute forme d'épanouissement. Autrement dit, je ne suis jamais parti en vacances, j'ai grandi seul et lentement, très lentement… Mon plaisir était d'aller rendre visite régulièrement à grand-mère, qui ne me reconnaissait jamais, mais qui était toujours prête à parler de n'importe quoi. Mais bon, ce n'était pas elle non plus qui me faisait prendre conscience de mon utilité sur cette terre… Alors, mon refuge, c'était les livres. La soif de découverte de mon père n'encourageait guère la présence de livres à la maison. Heureusement, la bibliothèque de l'école en regorgeait, et grâce à eux j'ai visité plein de pays, j'ai parcouru tous les océans, je suis tombé mille fois amoureux. Je suis mort plusieurs fois aussi, j'ai combattu, j'ai découvert, j'ai sauvé… j'ai vécu. J'avais plus de culture et de références que les autres enfants, et les cours d'école étaient source de bonheur pour moi. Les livres m'ont fait vivre, mais ont aussi contribué à faire de moi un petit garçon, puis un jeune homme, seul, solitaire, renfermé, déconnecté …

A dix-huit ans, j'ai rejoint l'ordre militaire. Non pas par conviction, mais parce que je ne savais pas quoi faire d'autre. Je n'avais pas de fonction particulière mais au moins j'étais entouré. J'avais comme l'impression d'être dans une famille soudée, taquine de temps en temps à mon égard, mais jamais méchante. J'ai toujours fait ce qu'on me disait de faire, alors forcément tout se passait bien. Un jour, l'adjudant m'a convoqué et me remit une lettre. J'apprenais que mes parents étaient morts dans un accident de voiture, en emmenant ma grand-mère pour la confier à une tante éloignée. Coup dur. J'étais alors vraiment seul au monde.

J'ai quitté l'armée, je voulais me retrouver seul, paradoxalement. Et me voilà de nouveau à Paris, sans le sou, avec une maigre solde et quelques biens qui me sont revenus. La maison qu'on louait était au-dessus de mes moyens alors - ça aurait fait rire mes pauvres parents - je suis allé habiter chez la voisine. Lorette s'est prise d'affection pour moi, comme une mère. Je pense qu'on se faisait du bien tous les deux. Je suivais doucement le cours de ma vie sans oser l'offenser… Lorette, un beau jour, me présenta Lucien, son beau-frère, un employé municipal de la mairie du Xe. Il m'a dit qu'ils cherchaient un peu de main-d'œuvre et que je pourrais passer le voir pour trouver du boulot. Loin de moi l'idée d'aller trimer comme mon père et ma mère l'ont fait mais, pour faire plaisir à Lorette, je suis donc allé voir ce que Lucien avait à me proposer.

Une chasuble verte, une casquette « Mairie de Paris », un chariot branlant et un grand balai effrité, voilà ce que ma personne leur avait inspiré ! J'allais devenir balayeur du Xe arrondissement. Ce qui me convenait fort bien du reste : j'aimais être seul, j'aimais être au grand air, j'aimais laisser vagabonder mes pensées… il suffisait juste de trouver le bon geste, le bon rythme pour ne pas avoir mal au dos et la journée passait somme toute assez vite ; chaque jour, j'avais « ma mission », qui se résumait en un nom de rue, d'un quartier ou d'un parc. Évidemment, c'était un boulot un peu ingrat. Les gens vous dédaignent, vous ignorent, mais je leur rendais bien leur indifférence. A force de balayer le bout de mes pieds, moi qui de toute manière ne voyais pas plus loin qu'eux, je suis devenu un obsédé du macadam. Je gardais les yeux rivés sur ce que mon balai ramassait. Pendant des mois, des années, j'ai arpenté toutes les rues, les avenues, les ruelles, les places de ce bout de Paris, où je conduisais mon chariot aussi fièrement qu'un chauffeur de taxi effectue une course les yeux fermés ; exécutant des gestes professionnels aussi intuitivement qu'un saxophoniste s'emballe dans son solo ; parcourant les hivers avec zèle pour me réchauffer, les étés avec flânerie pour m'évader, les printemps avec poésie pour me ressourcer, les automnes… en bougonnant car ces satanés feuilles reviennent sans cesse ! … J'avais mon rythme, le rythme des saisons, le rythme de la rue, le rythme de mon cœur solitaire. Comment peut-on balayer tant d'années sans se lasser, craquer ni aspirer à mieux dans la vie me direz-vous ? En vivant son métier. En se racontant plein d'histoires. En poursuivant l'aventure du héros lue la veille, replacée dans un contexte qui m'était propre : un territoire envahi par la Saleté ; en vivant pleinement ces aventures quotidiennes, et le soir en ressourçant mon imaginaire dans les livres.

C'était un jour d'été, en plein mois de juillet. J'aimais commencer tôt le matin à l'heure où l'air est encore frais et doux à la fois, et où les trottoirs sont encore suffisamment déserts pour organiser librement mon champ de bataille. Ma mission d'aujourd'hui était d'attaquer sauvagement la Crasse et autres Détritus minables localisés en contrebas du trottoir. J'attaquerai à l'aube depuis la base Barbès-Rochechouart, et j'éliminerai l'Ennemi sur tout le territoire Magenta afin qu'Il capitule Gare de l'Est.

L'Opération s'annonçait bien. Mon armée surpuissante éliminait les intrus peu à peu, le champ de bataille après le passage de mes troupes redevenait paisible, dégagé, propre comme s'il n'y avait jamais eu de front… Soudain, je fus surpris par une attaque aérienne, un ennemi volant que je n'avais pu anticiper ; un Objet Papier Non Identifié surgit et vint s'écraser violemment sur mon terrain. J'armais mon coup de balai pour m'en débarrasser aussitôt mais j'eus soudain pitié pour l'ennemi. L'eau des barrages l'avait entamé. Il ne pouvait plus fuir et commençait même à perdre forme et dépérir. Bravement, je m'accroupis et saisis la victime entre les mains… Avant son agonie finale, je pus juste entendre dans son dernier râle, de son coin inférieur : « Pétronille, 01 38 74 65 21 ».

Pendant de longues minutes je fus abasourdi par le message que je venais d'intercepter, tantôt les yeux fixés sur la suite des chiffres, tantôt l'œil rivé sur chaque lettre du prénom. Je finis par jeter le bout de papier dans la poubelle, ramassai mon balai, me munis de ma pique et continuai à ramasser toutes ces immondices laissées par des passants sans-gênes. Je ne saurais expliquer ce trouble ressenti, je n'en étais pourtant pas à mon premier papier griffonné ramassé, mais cette succession de lettres P. E. T. R. O. N. I. L. L. E a longtemps sonné à mon oreille. .

La journée terminée, je rentrai à la maison, où Lorette m'attendait comme chaque soir. Elle me demanda gentiment avec son petit air rieur si le Mal avait encore une fois été décimé sur notre bonne vieille Terre, grâce à son gentleman balayeur ? Je lui souris, mais répondis simplement que j'avais balayé consciencieusement tout le boulevard Magenta… Elle fut étonnée par l'absence de répartie dans ma réponse, mais n'insista pas. Après dîner, Lorette me proposa une sempiternelle partie de rami, laquelle j'acceptai pour tuer la monotonie de la soirée, et de mes pensées. Je piochai la dame de cœur lorsque je m'entendis dire à Lorette :

« Tu sais, j'ai rencontré une Pétronille aujourd'hui !

– Ah tiens, répondit-elle, avec toute la délicatesse d'une mère curieuse mais respectueuse. Voyant que je n'en dirais pas plus – qu'avais-je à dire de plus, du reste, elle enchaîna calmement.

– Ça me rappelle une grande cousine du côté de ma mère. Elle s'appelait Pétronille aussi. « Pluie de Sainte Pétronille change raisin en grappilles. » disait le dicton…

Et elle était jeune ?

– Qui ça ?

– Bah cette femme, que tu as rencontrée aujourd'hui ?

– Ah… Euh… Oui, relativement, la trentaine quoi.

– C'est curieux. Ça fait tellement vieux comme prénom ! »

Je ne sais ce qui m'a pris d'inventer une telle histoire à partir d'un nom griffonné sur un bout de papier, mais j'ai raconté à Lorette, une rencontre virtuelle et impromptue, avec une jeune éditrice, du nom de Pétronille, qui était perdue dans le quartier et cherchait la Gare de L'Est. Que je lui ai indiquée avec toute l'amabilité requise. Et qu'à la fin de son rendez-vous, elle était retombée sur moi. Et que pour me remercier de mon amabilité, elle m'avait offert un café à une terrasse… C'était crédible, et Lorette semblait fascinée par cet événement, qui avait dû bouleverser ma journée ! Quelque part oui, mais j'ajoutais évasivement :

« Ben comme quoi, l'amabilité, ça paie ! »

Là-dessus, j allai dans ma chambre, en lui souhaitant bonne nuit.

Samedi. Sans même ouvrir complètement les yeux, je savais que l'on était un samedi, qu'il faisait grand beau dehors, et que Lorette avait lancé le café. Le samedi a toujours une odeur particulière, celle des matinées qui traînent, celle des marchés aux fleurs et des pas ralentis. Je me rends compte que je vis dans une paisible routine, et malgré cela je m'étonne toujours que les journées passent si vite. Elles ne se ressemblent pas et n'ont jamais le même goût. Naturellement, je sortis me promener du côté du Canal St Martin… J'aime cette voie d'eau paisible qui attire une foule bruyante, ces ponts si courbés comme s'ils ralliaient deux continents, et ces terrasses de café où le monde se refait. Je commandai un café et m'installai confortablement sur mon transat en fer forgé, sous un rayon de soleil, comme face à la mer… J'avais avec moi les mots fléchés d'un vieux VSD, et m'interrogeais doucement sur « Pour Diane, dame de cœur », lorsque d'un coup je pris mon stylo et notai d'une main devenue tremblante sur le coin supérieur de la page : 01 - 38 - 74 - 65 - 21, Pétronille…

Je ne sus comment j'avais pu garder en mémoire ce numéro –encore faut-il que ce soit le bon– mais j'avais comme l'intuition que c'était bien la suite de chiffres relevée sur le papier ennemi de la bataille de Magenta. Pétronille… Le prénom était toujours aussi chantant en moi. Et mystérieux voire envoûtant.

Je ne sais comment font les autres pour chasser une idée de leur tête ; ils appellent un copain, une copine, vont au cinéma, et leur esprit se remplit d'un air neuf. Moi, j'ai comme trois pipelettes qui jacassent sans cesse dans ma tête, qui commentent et se mêlent de tout, s'arrêtent dix secondes lorsqu'on les rappelle à l'ordre, mais repartent de plus belles sitôt après. Impossible d'être tranquille avec moi-même, alors que je suis si peu dérangé par les autres… Si bien que je sais, que si je pense une fraction de seconde à quelque chose que j'aimerais faire, dans la limite du possible et du raisonnable, tant que je ne l'aurais pas fait, je serai harcelé par cette idée… et au bout du compte, c'est systématique, je sais que je vais le faire. Et je le fais. Comment expliquer… Bon, à titre d'exemple : je marche tranquillement, je vois, mettons au loin une barrière qui protège l'accès à une rue, les piétons peuvent passer à droite ou à gauche, et à moi me vient l'envie de sauter la barrière. A trente ans, on a passé l'âge de sauter les barrières, surtout en pleine rue, devant plein de gens. C'est plus fort que moi, je résiste, mais au dernier moment, j'effleure la barrière de la main pour prendre appui et balance sportivement tout mon corps de l'autre côté… Je me traite de fou, en continuant mon chemin, mais mon petit sourire en coin trahit bien ma satisfaction d'avoir franchi cette barrière…

Tout ça pour dire qu'une étrange sensation ne me quittait plus. Presque une semaine s'était écoulée depuis la découverte du petit bout de papier, et je savais que j'allais le faire. Je ne sais pas pourquoi, et j'en tremblais déjà. Mais j'oserai. C'est certain… ridicule, mais certain. J'allais appeler une inconnue parce que le nom obsédant griffonné sur un bout de papier clignotait sans cesse dans ma tête sur fond rouge comme un panneau « issue de secours » au bout d'un couloir sombre. J'allais appeler une inconnue car le prénom que j'avais découvert m'attirait aussi inexorablement que la lumière attire les papillons de nuit. J'allais appeler ce numéro car pour la première fois, ou du moins depuis fort longtemps, mon corps, ma tête ou est-ce tout simplement mon coeur, vibraient pour quelque chose. D'irrationnel certes, mais qu'il était bon de se sentir vibrer.

Lundi. Je me levai, embrassai Lorette qui m'avait déjà fait couler mon café, ah ma si chère Lorette.

« T'as une drôle de tête ce matin ? lança-t-elle de son air rieur

– Je pourrais t'emprunter ta carte de téléphone ? » dis-je d'un ton faussement détaché.

Lorette se trahit par un imperceptible haussement de sourcil, tout en me tendant sa carte, mais habituée à flairer les situations inhabituelles sans avoir besoin de mettre les pieds dans le plat, elle eut la délicatesse de ne rien ajouter. Je devinai tout de même qu'elle se demandait à qui je pouvais avoir envie de téléphoner, me sachant solitaire et sans relation proche. Je me sentis donc obligé de préciser que c'était pour appeler Bernard, mon chef en arrêt-maladie, pour prendre de ses nouvelles. Mon chef était en effet en arrêt-maladie, mais jamais ne me viendrait l'idée de prendre spontanément de ses nouvelles. Pour cela, il me suffit de me pointer à la machine à café du local de la mairie et d'attendre que les collègues fassent siffler, par ordre de hiérarchie, les oreilles de tous les supérieurs pour connaitre les derniers bulletins de santé de la maison…

Je partis travailler, passai au local pour m'outiller et relever ma mission. Je n'allais pas manquer de boulot, c'était jour de marché et je devais passer derrière pour que l'endroit soit propre comme un hall d'immeuble dès que les étalages auront été démontés. Ce qui m'embêtait plus, c'est que je n'allais pas pouvoir me perdre dans mes pensées comme j'aime tant le faire lorsque je suis seul sur mon boulevard, car j'allais devoir me coltiner Pierrot et Malouf pour m'acquitter du nettoyage du marché, deux grandes gueules qui n'arrêtent pas de refaire le monde, ou les matchs, pendant tout le service. J'eus le temps cependant de réfléchir à ce que je m'apprêtais à faire… Bon sang, qu'allais-je dire au bout du fil si jamais on décrochait ? « Bonjour, je m'appelle Nils, je suis balayeur, j'ai trouvé un bout de papier parterre avec un numéro de téléphone et un drôle de prénom, c'est juste pour savoir s'il y a bien une Pétronille qui répond à ce numéro ? ». Insensé. « Bonjour, j'ai toujours rêvé de savoir quelle voix pouvait bien avoir une Pétronille ? ». Nase. « Bonjour, juste pour vous dire que quelqu'un a sûrement perdu vos coordonnées, boulevard Magenta, entre mardi et jeudi dernier, j'espère que ce n'est pas trop grave, à votre service ma p'tite dame ? ». Ridicule… Et pourtant. Qu'avais-je à perdre à tenter ce coup de fil ? Qu'avais-je à gagner aussi, c'est vrai! Je me fixai la règle d'essayer une fois, rien qu'une fois, pour voir, pour ma curiosité, pour me prouver… Dieu sait quoi.

Vers 13h donc, je dis à Pierrot et Malouf de partir devant, que je les rejoindrai, et pris la direction de la cabine téléphonique pleine de tag aux vitres brisées au coin du marché. Etais-je vraiment obligé d'aller au bout de mon idée ? J'hésitais. Je savais que je me sentirai mieux après, quoiqu'il arrive.

Je pianotai les neuf premiers chiffres qui me revinrent sans peine en mémoire, repris ma respiration et appuyai sur le dernier chiffre sensé me mener à une certaine Pétronille.

Ça sonnait. Ça resonnait. « Et que ferai-je si je tombe sur un répondeur ? » me demandais-je juste avant qu'une voix de femme se fasse subitement retentir dans mon oreille gauche.

« Oui Allô ? …. Allô ?

– Bon… Bonjour

– Oui Allô, qui est à l'appareil, je vous entends mal ?

La voix était enjouée, très agréable et ce timbre inconnu mais pourtant avenant me laissa un temps sans réaction, paralysé. Je me sentais coincé comme dans une bouteille en plastique chahutée entre le flot de voitures, valdingué aux quatre coins du carrefour du boulevard Magenta. Cerné.

– C'est… Nils, ai-je finalement dit sans réfléchir.

– Pardon qui ça ? … Je vous entends vraiment mal.

– C'est Nils répétai-je plus fort mais en peinant sur l'articulation.

– Gilles ? Ah oui, bonjour Gilles, génial, c'est gentil de m'appeler. Olivier m'avait prévenu que vous m'appelleriez peut-être. Vraiment, c'est gentil de prendre contact. Par contre je suis désolée, j'allais partir, je vais être en retard à mon cours… Est-ce que ça vous intéresse toujours que je vous parle un peu de mes attentes, voir si ça peut coller ? …

– …

– Allô, … Gilles ?

– … Oui… certainement

– Génial. Vraiment je dois filer… Mais ça serait bien qu'on en parle rapidement… Écoutez, est-ce qu'on peut se rencontrer disons demain, à 17h, hum… il y a un café sur la terrasse de la Samaritaine, vous voyez où c'est ?

– Demain, … 17h… Samaritaine… parfait.

– Super. J'aurai plus de temps pour discuter… Ah, vous demanderez Pétronille au garçon de café, il me connaît.

– … Pétronille… d'accord

– Merci de votre appel, encore désolé, à demain alors

– Oui… A demain. »

Je ne sais combien de temps le la du téléphone me chanta sa monotone mélodie dans les oreilles avant que je me décide à reposer le combiné. Timidement les automobilistes me jetèrent un coup d'œil attendant mon approbation avant de redémarrer, et d'un coup, le boulevard Magenta reprit son rythme à volume plein pot.

Alors là, chapeau l'artiste, j'étais cuit. Farci à point. Et si seulement je pouvais me dire que j'étais tombé dans un traquenard, mais non, c'est bien moi, le Nils qui ne parle à personne, qui ne se montre jamais, qui ne veut surtout pas qu'on le remarque, qui s'est mis dans une panade pareil ! Incroyable, je n'en revenais pas. Déjà, d'avoir réellement appelé, ce qui pour le coup était une pure victoire personnelle. J'ai vraiment eu ce que je souhaitais : associer ce mystique prénom à une voix humaine, à qui j'ai pu parler. Je savais que le mythe venait de se défaire en moi, j'étais libéré de moi-même et dans l'absolu j'aurais pu m'en tenir à ça, en reprenant le cours de ma vie là où je l'avais laissée avant d'être comme envoûté. Mais aussi surprenant que cela puisse paraître, j'avais surtout accepté un rendez-vous, un rendez-vous avec Pétronille, une femme qui pensait savoir qui j'étais et qui m'attendait en tant que tel. Alors que je savais moi, Nils, balayeur attitré du boulevard Magenta, que je n'étais en aucun cas cette personne ! Pétronille m'avait pris pour Gilles. Pétronille m'avait donné rendez-vous le lendemain, à moi, Gilles ! La situation était si cocasse, si inattendue, inimaginable, encore moins souhaitée, que dans l'état d'excitation et d'épuisement dans lequel je me trouvais après ce coup de fil, j'eus un rire si euphorique que Pierrot et Malouf m'ont payé un coup pour me requinquer, tout heureux d'avoir pu trouver en ma personne, une fois n'est pas coutume, un excellent alibi pour aller trinquer.

Finalement, je n'avais pas flanché, je ne m'étais pas démonté. Je me trouvais donc à cinq heures moins cinq, le lendemain, au pied de la Samaritaine. Je décidai de monter à pieds par les escaliers, plutôt que d'être propulsé en quelques secondes sur le lieu de mon quiproquo. Gagner du temps. Respirer. Être zen. Un peu essoufflé tout de même, j'arrivai alors au dernier étage du magasin où en effet un café surplombait la ville. Je ne connaissais pas cet endroit, il me sembla d'emblée occupé par un genre de personnes que je ne fréquentais guère, celles qui ont le temps de boire un verre, en plein après-midi d'un jour de semaine, après avoir dévalisé le prêt-à-porter ou la décoration d'intérieur des étages inférieurs.

Machinalement, je marchais de préférence vers la terrasse, j'avais besoin d'air et de lumière, je ne savais plus trop ce que je faisais là.

« Monsieur, ne restez pas là, allez-vous asseoir, on va vous servir, me dit un garçon de café fonçant sur moi, le plateau en équilibre sur le bout des doigts, et que je gênais visiblement sur son passage.

– Excusez-moi, je cherche… euh… une dénommée Pétronille.

C'était bizarre de la nommer comme si j'avais rendez-vous avec une bonne amie.

Vous… vous la connaissez ?

– Pétronille? Et comment ! Je ne vous demande pas de la décrire, on n'en connaît qu'une seule généralement, on doit penser à la même ! Mais il ne me semble pas l'avoir aperçue aujourd'hui, elle m'aurait salué. Vous avez rendez-vous avec Pétronille? me dit-il en me dévisageant avec un petit sourire.

– Euh… Oui.

– Installez-vous à la table, là-bas. Je vous l'envoie dès qu'elle arrive. »

Le garçon de café m'avait indiqué une petite table, en bout de terrasse, tout près de la balustrade. En m'y installant, je jetai un coup d'oeil sur la vue : on y domine le pont neuf et on distingue Notre Dame au loin, c'était magnifique mais j'eus instantanément une sensation de vertige.

Oui, j'avais décidé d'honorer ce rendez-vous; j'aurais pu ne pas venir et planter mon inconnue ni vu ni connu. J'aurais pu me décommander, inventer une excuse bidon et me défausser de cet engrenage. Mais au final, qu'est-ce qui m'empêchait de m'y rendre, juste pour voir où ce début d'aventure me mènerait? Je n'avais pas l'impression de faire quelque chose de mal, à tout moment je pourrais sortir du jeu en m'excusant de lui avoir fait perdre son temps… Au pire je passerais pour un mec pas net, mais l'offense était minime, n'est-ce pas ? Je me voyais surtout déjà raconter cette anecdote à Lorette qui n'en reviendrait pas de ce que j'avais entrepris.

Après avoir repassé en boucle l'échange téléphonique de la veille, j'en avais déduit qu'elle ne le connaissait pas forcément, ce Gilles. Il s'agissait vraisemblablement d'une relation d'un copain d'une copine d'un copain, un truc comme ça. Il y avait aussi un Olivier dans l'histoire. J'appris également que Pétronille prenait, ou donnait des cours. Mais de quoi ? De peinture? A la fac ? D'haptonomie ? Mais surtout, une question me taraudait : qu'est-ce que Gilles était censé lui proposer en accord avec les attentes de Pétronille ? C'était principalement, je pense, ce point-là que ma curiosité était venu satisfaire, et avec le recul, que mon instinct était venu chercher.

« Gilles, n'est-ce pas ?

Je mis un certain temps à réaliser que c'était bien à moi qu'on parlait et vers moi que cette main était tendue. Ma schizophrénie n'était pas suffisamment avancée pour me retourner au quart de tour dès qu'on m'appelait "Gilles" !

– Bonjour, … Pétronille, c'est ça ? Dis-je en me levant de ma chaise d'un bond, pas tant pour la politesse que par surprise.

Je me tenais face à une jolie femme, qui m'offrait un sourire généreux, et un visage sans artifice, vrai, et frais. "Pétillante Pétronille" ai-je pensé spontanément. De sa longue chevelure ondulée jusqu'à sa silhouette élancée, cette fille paraissait pétillante.

– Ravie de faire votre connaissance, Gilles. Bon, Olivier n'a guère eu le temps de m'en dire beaucoup sur vous. Il m'avait juste laissé un message avant qu'il ne reparte, du genre, “j'ai rencontré un type, je crois que ça peut t'intéresser, c'est pile-poil ton créneau. Je lui ai laissé tes coordonnées, ça avait l'air de le brancher, je pense qu'il t'appellera”. Et sur un deuxième message, il m'a dit “ah oui au fait il s'appelle Gilles” ! Vous voyez, c'est tout ce que je sais sur vous! »

Tout en paraissant serein, je commençais à sentir des petites gouttes de transpiration attaquer le col de ma chemise. D'un coup je ne savais plus si j'avais vraiment envie de connaître la suite, cette histoire prenait une drôle de tournure;

« Vous avez de la chance, j'en connais encore moins sur vous ! lui répondis-je et je savais ce que j'entendais par-là… Pardon, mais rappelez-moi quelle est votre relation avec Olivier ? osais-je demander.

– Olivier ? C'est un bon ami d'enfance avec qui je garde quelques contacts. Il est toujours en vadrouille, en tant que journaliste, toujours entre deux avions. On se voit peu mais on se donne toujours des nouvelles. Il revenait d'où par exemple quand vous vous êtes rencontrés ? »

Mince, première question piège… Rapidement je misais sur le fait qu'Olivier avait dû rencontrer Gilles dans un avion.

« Du Maroc.

– Du Maroc ? Ah tiens, il va rarement dans ces pays-là d'ordinaire… Il a dû encore s'offrir un petit week-end prolongé, enfin peu importe. Et vous alors, vous écrivez? »

Je sentis une grosse bouffée de chaleur se répandre en moi. Ce n'était plus possible, j'avais envie de m'enfuir.

« Écoutez… » commençais-je en m'apprêtant à tout lui déballer, lui dire que je n'étais pas Gilles, que j'étais désolé, et que j'allais vite partir sans l'importuner davantage, lorsque le serveur surgit pour commander nos boissons. Je m'entendis malgré moi commander un sirop à la menthe avec des glaçons, paralysé par le regard bienveillant et insouciant de Pétronille qui venait de choisir elle un Monaco. J'avais surtout besoin de me désaltérer au plus vite, je me liquéfiais sur place.

Heureusement, par bonheur ou par miracle, elle enchaîna sans me redonner la parole, et j'ai loué cette manie des femmes, que dis-je ce talent incontesté qu'elles ont de trop parler pour combler les silences. L'arrivée inopinée de ce serveur m'avait sauvé la face, et me permit de cerner, enfin, le contexte de la rencontre prévue entre Pétronille et Gilles. En effet Pétronille reprit :

– Bon attendez, je vous dresse d'abord le tableau et vous me direz si ça colle après, d'accord ? Je ne sais pas ce qu'Olivier a pu vous raconter de moi, alors je récapitule…

Et c'est ainsi que je compris que Pétronille enseignait la guitare, qu'elle donnait des cours dans une école de musique du XVIIIe arrondissement, et que ça l'occupait déjà une bonne partie de la semaine. Mais que sa raison de vivre s'appelait « Bossi Bossa Quartet », le nom de son groupe. Un jazz band avec qui elle tournait depuis de longues années, au moins dix ans; que des potes, un vrai bonheur. Il y avait Bébert le contrebassiste, Fred dit Zébulon à la batterie, Pétronille à la guitare et au chant, Fabrice pour les percussions mais surtout le fournisseur officiel des paroles des chansons. Leur marque de fabrique ? Essentiellement de la musique brésilienne, au rythme particulier de la Bossa Nova qui devînt leur terrain de jeu et le tempo de leurs journées. Musique toujours propice à la fête, puisque la Bossa Nova est un mélange de samba et de jazz, un rythme syncopé qui tranche avec des mélodies souvent mélancoliques, m'expliqua-t-elle, un cocktail musical qui appelle à des chansons à texte minimalistes emplies de romantisme. Le bonheur à l'état pur pour ce quatuor mélomane, que Pétronille évoquait avec des trémolos dans la voix. Le groupe avait vaillamment crapahuté sur les routes des festivals, ou investissait régulièrement des restaurants, des café-concerts où la Bossa Nova avait sa place ; le « Bossi Bossa Quartet » commençait à avoir le vent en poupe auprès des aficionados. Seulement voilà, drame il y avait de cela un peu plus d'un an, Fabrice se tua dans un accident de moto. Un accident bête apparemment mais Pétronille ne s'étendit pas sur le sujet. Le groupe fut très affecté par sa disparition, pour l'ami de toujours qu'il était, et pour le compositeur qui alimentait brillamment le répertoire du quartet. Aucun des autres membres ne se sentit le talent de reprendre le flambeau de l'écriture. Le quartet tournait alors à bas régime, en stagnant sur les succès du temps de Fabrice. Mais un groupe avait besoin de se renouveler pour avancer. Il leur était indispensable de dénicher un talent capable de leur écrire des textes, puisque, même sans la présence de Fabrice, il ne leur était jamais venu à l'idée de dissoudre le Bossi Bossa Quartet.

J'interrompais les explications de Pétronille de temps à autre pour poser des questions et me permettre ainsi de mieux comprendre certains points de son histoire. Par déduction, je comprenais alors, globalement, qu'Olivier et Gilles, donc Olivier et moi, avaient dû avoir tout un trajet en avion pour sympathiser, et parler musique pour peu que Gilles griffonnait des idées de chansons sur un carnet de poche. Car Gilles devait à ses heures perdues, ou éventuellement à temps plein, être parolier, et apprécier de surcroît la musique brésilienne. Olivier aurait flairé le type fiable, intéressant, et compatible avec l'esprit de sa grande copine. Il lui aurait alors proposé d'appeler Pétronille de sa part pour envisager une collaboration sur l'écriture des textes.

Tout en écoutant Pétronille, je réalisais que cette fille parlait comme devait sonner sa musique; à l'image de la Bossa Nova sûrement, avec des passages lents et d'autres plus accélérés, ce qui rythmait agréablement son discours. Je restais concentré puisqu'elle attendait parfois que je lui confirme certains éléments, je répondais de mon mieux. Mais j'avais gagné en sérénité. Cette fille m'apaisait et je cernais petit à petit mieux le rôle que je devais tenir pour être crédible auprès de Pétronille. Par-dessus tout, j'étais fasciné par son histoire, et m'imaginais Gilles noter scrupuleusement les coordonnées de l'amie d'Olivier qu'il s'empresserait sûrement d'appeler dès son retour, enthousiasmé par la perspective et les promesses d'une telle rencontre. Seulement, mon pauvre Gilles, ton bout de papier était tombé par le plus grand des hasards dans les branches de mon balai, tu devais peut-être encore te demander au même instant où tu avais bien pu ranger ce foutu papier, puis tu échafauderais tous les plans possibles qui te permettraient de remonter jusqu'à Olivier, puis tu abandonnerais, pestant contre toi-même, et franchement j'en étais désolé pour toi.

Pétronille me lança soudainement :

« Alors Gilles, peut-être m'avez-vous amené quelques textes à me montrer ? »

Je restais silencieux quelques secondes, je fixais le regard de Pétronille où je voyais, au-delà des soupçons qu'elle portait sûrement sur le mec bizarre et mutique dont je donnais l'image, un profond désir, une folle espérance de voir revivre le Bossi Bossa Quartet. Je ne sais plus à quoi j'ai pensé à ce moment précis. Peut-être me revoyais-je en tenue de balayeur, esseulé sur mon grand boulevard. Peut-être me suis-je rappelé mes heures quotidiennes passées à divaguer dans mes pensées, à me raconter des histoires, à analyser la vie qui s'agitait autour de moi. Sans doute ai-je fait le lien instantanément avec les poèmes que je créais dans ma tête, inspirés par mes longues marches solitaires dans mon environnement urbain. Ai-je repensé à tous les livres que j'ai pu lire, mon goût pour les mots qui chantaient en moi comme une musique? Ai-je revisité ces soirées où le rire de Lorette me faisait chaud au cœur lorsque je lui récitais le poème du jour que je venais de composer, et qu'elle me disait tendrement et admirative, sans rien y connaître, "Que c'est beau Nils, tu es un poète, un artiste rien que pour moi". Peut-être y ai-je cru un instant, peut-être me suis-je dit pourquoi pas, pourquoi ne pas essayer, j'en suis capable? Calmement, d'une voix étrangement assurée, en soutenant son regard, je lui ai alors récité "Les cents pas".

Les cents pas
Des passants
Dansent des pas
De samba

Les cents pas
Des passants
Dansent en sens
Étourdi

Les cents pas
Des passants
Ressassent
Des souvenirs

Les cents pas
Sont si lents
Et s'élancent
En silence

Les cents pas
Des passants
Passent sans se
Soucier du temps

***

Depuis ce jour-là, Pétronille et moi ne nous sommes plus quittés. Depuis cette rencontre sur la terrasse, Pétronille est entrée dans ma vie comme la bonne Samaritaine. Pétronille m'a présenté à son groupe, son groupe a travaillé “Les cents pas”. Par la suite Bébert, Zébulon et Pétronille m'ont ouvert leurs bras et leur cœur et m'ont donné leur amitié. J'avais des amis, des vrais. Des rigolos et des tendres, des sensibles et des créatifs, des fougueux et des optimistes, des bons vivants et des sincères. Au contact de Pétronille, je me suis complètement extraverti, j'ai pu me rendre compte que j'avais des choses à dire, des choses à crier, des choses à donner, une personnalité en somme. Je n'étais plus transparent, j'avais besoin de vie autour de moi, de la vraie vie. Je suis devenu un Bossi Bossa Quartet à part entière et rien ne me rendit plus heureux. Le texte "Les cents pas" fut rapidement mis en musique. D'autres suivirent, choisis parmi mon stock des années passées ou nouvellement créés depuis. Mes journées de travail prirent un autre sens, je balayais pour trouver l'inspiration avant de retrouver tous les soirs mon quartet vital pour retravailler les poèmes et les adapter à la précision du rythme brésilien.

Quelques jours après avoir rencontré Pétronille, je lui ai tout avoué de ma supercherie, ne voulant pas transgresser la confiance et la nouvelle amitié qu'elle me témoignait. De toute manière, je risquais rapidement de rencontrer Olivier qui aurait eu du mal à reconnaître Gilles ! Je pense que Pétronille a un temps pensé à me renvoyer d'où je venais, elle s'est sentie trahie voire humiliée, et je la comprenais. Mais la pétillante Pétronille a préféré rire de cette histoire rocambolesque, n'a sondé aucune mauvaise intention de ma part, a finalement salué mon audace et j'ai pu reprendre ma réelle identité. Quelle femme…

Et me voilà aujourd'hui sur cette terrasse de la Samaritaine, où je me trouvais au même endroit il y a, déjà, cinq ans. Je regarde Paris, la Seine, les passants qui passent. Le rythme asynchrone de leurs pas me fait naturellement penser à l'air de notre chanson "Les cents pas". Les copains sont derrière moi, j'entends le rire de Pétronille, et je sais qu'elle me regarde du coin de l'œil. Elle sait à quoi je pense. Je me suis isolé un instant, j'avais besoin de quelques minutes pour repenser à tout ce chemin parcouru. Il y a cinq ans, je déchiffrais un petit bout de papier qui ne m'était pas destiné mais qui aura changé ma vie. Un simple prénom allait me pousser à commettre un acte complètement irrationnel, proche de la mythomanie. Un simple prénom qui aura déclenché je-ne-sais quel levier obscur de mon destin.

Je m'appelle Nils, j'ai bientôt trente-cinq ans, je viens de m'acheter un magnifique costume pour répondre à notre première interview. Un grand magazine culturel souhaite s'intéresser au travail de Bossi Bossa Quartet et promouvoir les dates des concerts que nous avons programmées. Pétronille leur a évidemment donné rendez-vous dans ce café, si intimement lié à la renaissance de ce groupe. Si providentiellement lié à la renaissance de moi-même. Bossi Bossa Quartet connaît un franc succès depuis quelques temps, nous commençons à vivre de notre musique. Mes chansons sont appréciées, mon style de plus en plus rôdé. Je ne suis plus balayeur, je suis auteur, j'écris des chansons, et la vie est belle. Avec ses tracas, ses surprises, ses déceptions, mais oui, la vie est bien belle et terriblement excitante. Ce bonheur gravite autour de Pétronille bien sûr, avec qui je partage une grande amitié et une grande complicité. Grâce à elle, grâce à son prénom, grâce à ma folie passagère, j'ai pu rencontrer Clara, la sœur de Bébert. Souvent je repense à Gilles. Comment lui faire savoir qu'il est responsable, sans le savoir, de ce bonheur ? Je me suis toujours demandé si Gilles avait pu délibérément laisser tomber ce billet sachant que j'allais être assez fou pour me l'approprier. Ou est-ce un ange qui a forcé le destin, un ange gardien soucieux de mon épanouissement ? Ou bien Gilles était-il un ange ?…

Derrière les murs

23h06,14 Rue des Mimosas.
23h06,7 Boulevard du 8 Mai 1945.
23h06,12 Impasse Victor Hugo.
23h06,55 Place de la Bourse.

14 Rue des Mimosas

Une sirène passe en trombe sous les portes-fenêtres ouvertes qui se mettent à vibrer. Pompiers ou police, elle se trompe toujours. La femme referme les battants, tire les voilages. Elle préfère privilégier le calme plutôt qu'un peu de fraîcheur dans la pièce. La mine grave, le geste lent, elle plie un pull en cachemire qui traînait là et le pose sur le bureau. Elle prend de sa belle main ridée le cadre photo doré, et regarde le cliché en noir et blanc. Ses yeux roulent tantôt de la mariée qui rit, heureuse et insouciante, si jeune, tantôt au visage de l'homme qui lui répond d'un sourire croquant de vie. Du pouce, elle caresse le visage de l'homme comme si elle voulait lui enlever d'une pichenette son chapeau haut-de-forme et lui remettre sa frange rebelle.

7 Boulevard du 8 Mai 1945

L'homme court, prend à droite, revient sur ses pas, se retourne, se passe la main dans les cheveux. Il a chaud, il est essoufflé. Il interpelle une jeune femme qui lui indique le bout du couloir, pas celui-là, l'autre, à gauche. L'homme suit les indications, plisse les yeux, aveuglé par les néons qui diffusent une lumière surexposée. Il trouve la porte, entrouverte, baisse la tête, hésite. Fébrilement, il ferme les yeux, se ressource et retrouve une respiration plus calme. Il enlève son manteau, le plie sur son avant-bras, repasse sa main dans les cheveux, et entre, doucement. Il se sent d'un coup comme dans un scaphandrier alimenté en air artificiel. Ses tempes battent violemment comme en manque d'oxygène. Il se laisse guider au son du sonar qu'il capte tel un sous-marin.

12 Impasse Victor Hugo

Dans son vaste salon, elle se lève et éteint le plafonnier qui l'agresse. Elle allume la petite lampe de la commode, et se rassoit sur le grand canapé blanc. Les yeux dans le vague, elle attrape à tâtons le coussin vert anis qui borde les accoudoirs, l'enserre de ses deux bras contre sa poitrine et y repose son menton. Ses deux pieds nus caressent le tapis à gros poils bruns, en ouvrant et repliant machinalement les orteils ; la mélopée d'un fado s'échappe d'un Ipod, enclenché sur la chaine-hifi qui scintille en bleu dans l'obscurité feutrée. Dans son champ de vision, elle ne voit déjà plus la coque rouge « I love NY » perdu dans les brins du tapis, ni la batterie du téléphone sous la table basse, encore moins le reste de l'écran échoué sur le parquet vitrifié.

55 Place de la Bourse

L'homme tourne la page. Il jette un coup d'œil au radio réveil au moment où la minute se meut dans un autre digit rouge. Il cligne des yeux, attend que les caractères noirs se détachent du blanc du livre, revient sur la page précédent pour relire le dernier mot, et poursuit sa lecture. Il est allongé sur le ventre, les coudes en équerre. Le marque-page fait des allers-retours sur ses poils de barbe drus dans un bruit de frottement sourd. Le pied droit hors du cadre du lit, il dessine invariablement des arcs de cercle en tournant la cheville. A la fin du chapitre, il cale le marque-page et dépose son livre sur la table de nuit en tendant simplement le bras. Il éteint, se replie. Il se retourne tout doucement, épouse les plis et replis de son corps en chien de fusil, place sa tête dans le creux de son cou, et déploie son bras gauche autour d'elle.

***

14 Rue des Mimosas

La femme repose la photo et esquisse un sourire entre nostalgie et bienveillance. Elle se retourne, et le dévisage sur son lit de mort, qui n'est autre que leur lit conjugal. La lumière de la nuit accentue les contours blêmes de son visage mais lui donne paradoxalement un air paisible. Résigné serait plus juste. L'homme ne cherche pas à parler outre-mesure, il devine les déplacements de son épouse dans la chambre et c'est lui qui lui prend la main lorsqu'elle revient s'asseoir sur le rebord du lit. Le silence qui inonde la pièce pourrait paraître pesant, au contraire il leur fait du bien ; ils y puisent plus un ultime échange d'émotion qu'une peur glaciale de ce qui les attend, l'un et l'autre. Lorsque son mari lui a dit, d'une voie caverneuse mais parfaitement calme, ce soir je m'en vais, c'est ainsi, elle n'a pas remis en doute une seconde ce terrifiant présage. Elle a su sur le champ qu'il disait la vérité aussi fermement qu'il lui avait promis, il y a de cela 73 ans, qu'il l'aimerait toute sa vie. En tenant sa main tiède qui déjà n'a plus la force de serrer la sienne, elle sait en le regardant dans les yeux, qu'il est bien, en paix avec lui-même, heureux d'être chez lui, dans son lit, avec elle à ses côtés. C'était sa volonté.

7 Boulevard du 8 Mai 1945

Il entre à petits pas dans cette chambre aseptisée, comme en apesanteur. Des dizaines d'appareils clignotent et hululent, mais lui ne voit que sa nuque qui lui donne son cap et n'entend que sa respiration qu'il peine à reconnaître. Il contourne le fauteuil sur lequel elle est allongée, et se plante, fébrile, sur le côté, les bras ballants. Elle a deviné sans encore vraiment le voir que c'était lui, et dans un mouvement ralenti, tourne la tête. Un majestueux sourire éclot progressivement sur son visage comme un pétale goûte sa première goutte de pluie. L'homme n'en revient pas de recevoir ce sourire, la femme n'en revient pas de le trouver séant. Leurs cœurs se parlent et se répondent dans cet instant d'émotion en suspens. Un trait grimaçant estompe d'un coup son visage ébloui, et poussant un cri de chat, raidie, elle appose les deux mains sur son ventre distendu. L'homme superpose alors les siennes, se penche légèrement pour mieux entrer dans son regard, et abandonne solennellement ces mots salvateurs : Je suis prêt. Je suis là. Je le veux. La femme rejette sa tête en arrière et le fixe, émue. L'homme, enfin, s'autorise à se détendre.

12 Impasse Victor Hugo

Seul son corps par sa raideur et quelques tressaillements traduit ce qu'elle peut ressentir. Dans sa tête aucun mécanisme de raisonnement ne peut aboutir, les pensées et les visions s'entremêlent, incontrôlables. Elle chute dans un espace sans forme ni relief et sans fond, et ce vertige la fige, vidée. Est-ce la musique diffusant d'un coup un refrain criard ou le bruit de la porte qui se referme qui la fit subitement surgir hors de sa léthargie ? Toujours est-il qu'elle tourne mécaniquement la tête vers l'entrée et l'aperçoit, stoïque, dans l'encadrement, les doigts écrasant sûrement de stupeur son paquet de clopes dans les poches de son blouson de cuir. Sa belle gueule carrée, crispée, révèle une expression qui signifie qu'il a compris, les yeux rivés vers le sol où le portable gît, éparpillé. L'homme tourne ses yeux noisettes vers la femme, soutient son regard empli de pourquoi, et comprend qu'il est vain d'y répondre.

55 Place de la Bourse

Repoussant subrepticement le drap du bout de ses pieds, l'homme se colle au corps chaud de la femme qu'il sait en demi-somnolence, et laisse sa main improviser des caresses qui sous-titrent largement ses pensées. La femme, dans une respiration devenue plus prolongée que d'ordinaire, s'étire comme un chat au soleil. Les yeux toujours clos, elle chavire doucement sur le dos pour mieux s'offrir à lui, comme un tournesol pivote vers son rayon de douceur. Elle prend le visage de l'homme entre ses mains, affichant un sourire qu'il devine même dans le noir. Commence un duo à quatre mains habituées à jouer de concert. Des jambes se lèvent, des bassins basculent, des cheveux s'entremêlent, des lèvres se cherchent et des soupirs étouffés jaillissent comme des échos de coucous. L'homme, dans un élan exécuté avec autant de virilité que de délicatesse, dénude chez la femme tout ce qui ne met pas à nu sa peau satinée. La femme, dans un désir réciproque empli de féminité, colle son homme contre sa chair et le respire à plein poumon.

***

14 Rue des Mimosas

« J'aimerais… te dire… quelque chose… qui… me survive… mais rien ne vient. »

Le vieil homme ne parle déjà plus, il ânonne. Les silences sonnent comme une triste agonie. La femme elle aussi ne trouve pas de mots. Les mots sont trop difficiles à choisir lorsqu'ils peuvent être à tout moment les derniers. Aucun mot n'est assez fort pour endosser le poids de la postérité.

« Je ne te… vois… presque plus… »

Elle sent ses yeux se voiler d'humidité et le désarroi frapper à sa porte, prêt à bondir. Tous deux pensent à la même chose, ils en sont certains. La réconciliation l a précipité dans la mort. C'est un bien pour un mal. L'aurait-il fait s'il l'avait su ? … C'est finalement la haine qui le maintenait en vie, malgré sa maladie chronique qui gagnait du terrain. Il a décliné du jour où ils se sont pardonnés. Du jour où ils sont tombés dans les bras l'un de l'autre. Après tant de rancœur. Tant de non-dits. Tant de distance. Tant de temps où le temps rognait petit à petit le fil de la filiation originelle. Et son fils, qui ne sait même pas que son père se meurt, là, dans cette pénombre oppressante. Et elle, une île perdue depuis tant d'années entre deux continents qui ne dérivaient plus, ne se rapprocheraient plus, croyait-elle. Et finalement, contre toute attente… Il aura suffit de la candeur d'un petit-fils, avec l'intelligence perfide de questions radicales, simples et sans appels, pour qu'un fils, devenu père, se rappelle qu'il est le fils, lui-même, d'un père. Comment peut-il foncièrement aimer son fils s'il n'aime pas son père ? … Vaste rétrospective qui le conduit au pardon, qui les débarrasse tous deux du poids de la culpabilité. L'un peut continuer à vivre, sans remords. L'autre peut partir, sereinement. Et les yeux se referment et ne disent plus rien.

7 Boulevard du 8 Mai 1945

Un ballet de tuniques blanches commence à aller et venir autour d'eux selon une chorégraphie parfaitement synchronisée.

« Tu ne t'enfuiras plus ?

– Non. Je ne veux plus fuir.

– Tu n'as plus peur ?

– Si, j'ai peur. »

L'homme a voulu fuir sa paternité. Pour cela, il a même pensé abandonner la femme qui portait son enfant. Peur de ne pas être à la hauteur. Peur de reproduire une enfance qu'il ne souhaite à personne. Peur de ce monde dans lequel lui-même se débat. Mais la lâcheté lui a paru encore plus insurmontable que ses peurs. Finalement, à quelques heures de l'accouchement programmé par césarienne, sa plus grande peur lui est apparue comme une profession de foi : la peur de passer à côté de ce qui pourrait transfigurer sa vie. Tout est à construire, tout est à donner, tout est à surmonter, mais l'homme est euphorique : il sera père.

Juste avant qu'elle ne soit transférée dans la salle d'accouchement, l'homme dit gravement à la femme : dis à notre enfant que son père l'attend, dis-lui que je suis juste à côté. Qu'il ne croie surtout pas que je ne suis pas au rendez-vous. Et toi aussi, je t'attends…

12 Impasse Victor Hugo

Surtout qu'il ne se justifie pas, pense la femme.

Surtout qu'il ne vienne pas invoquer des raisons ou des circonstances.

« Va-t-en. »

Elle ne veut pas entendre un seul son de sa voix, surtout ne pas écouter des explications qui pourraient calmer sa colère. Elle la souhaite, cette colère. Garder bien en elle cette haine sauvage qui monte subitement, et qui l'aidera à surmonter l'affront auquel elle n'était pas préparée. La perte de confiance est un affront qu'elle ne pardonne pas. L'homme tente de résister, ou de gagner du temps, en gardant pieds sur le sol qui déjà n'est plus sien.

« Sors ! »

Il recule à contre cœur d'un pas. C'est donc qu'il cède et qu'il reconnaît sa part d'ombre. Il n'en souhaitait pas les conséquences, mais en connaît la cause. Il n'y a pas de crime parfait, a-t-il le temps d'ironiser pour lui-même. Il aura suffi qu'il oublie son portable, le temps d'aller acheter des cigarettes ; qu'un sms interpelle la solitude de la femme en paix dans son salon. ; qu'un message ne souffrant d'aucune interprétation possible l'exclut définitivement du cœur qu'elle lui avait ouvert sans réserve.

Lentement, dans la déception de celui qui descend du ring, perdant mais surtout vaincu, il se détourne, rejoint la porte d'entrée, et disparaît. Le claquement de la porte retentit de manière aussi effroyable qu'une voile battant aux caprices du vent.

55 Place de la Bourse

Dans une harmonie gagnée à la seule sueur de leurs corps, les caresses, les rires et les râles fusent de l'un à l'autre dans une complicité que ne saurait égaler le roulement de la vague sur la langue sablonneuse. Le point culminant du désir ultime se faisant pressentir, la femme s'attend à ce que l'homme se détache de l'étreinte, un court instant, le temps de revêtir ce qui habituellement recueille le fruit de leur passion. L'homme, en effet, se redresse prédominant le nu intégral de la femme et plonge un regard humide dans ses yeux surpris, immobile et solennel.

« Ce soir je veux faire l'amour à la mère de mon enfant. »

La femme, comblée par l'élégance de la formule, le cœur tambourinant d'ardeur, déchargée par cette attente révolue telle un visage que l'on désespère de voir apparaître au bout du quai, lève les bras pour enlacer la nuque de l'homme et reposer sa tête contre son sein. Tous les sens en émoi décuplés par l'émotion qu'ils se sont suscités, ils s'apprêtent à vivre en apothéose un accouplement imprégné d'une signification nouvelle, la naissance d'un couple qui ne fait plus qu'un. Bientôt un cri de plaisir déchirera le silence de la nuit moite.

23h44,14 Rue des Mimosas.
23h44,7 Boulevard du 8 Mai 1945
23h44,12 Impasse Victor Hugo
23h44,55 Place de la Bourse

Un souffle. Un cri. Un râle. Un orgasme.

Un être qui part. Un être qui naît. Un couple se sépare. Un couple se rapproche.

Des larmes de deuil. Des larmes de joies. Des larmes amères. Des larmes d'espoir.

Un décès. Une naissance. Une rupture. Une alliance.

Une vie qui se tait. Une vie balbutiante. Une vie qui dérape. Une vie qui se trace.

Une histoire qui s'achève. Une histoire qui s'écrit. Une histoire qui dévie. Une histoire qui se vit.

A chaque instant.

Derrière les murs.

La vie.

Fait d'hiver

Mon Dieu qu'il fait froid.

Un froid mordant. Au sens propre. Un froid qui mord réellement les joues, les doigts, les mollets. Avec le réchauffement climatique qu'on nous rabâche à longueur de saisons, on n'imaginait plus la Terre capable de nous servir une telle froidure.

Il rentre à une heure tardive. Comme tous les soirs. Sa journée de travail est terminée. Il se réjouit de retrouver les siens, et son chez-lui. Il s'y réchauffera le cœur, le corps. Sa voiture n'a pas eu le temps de monter en température. Il est déjà arrivé devant la porte de son garage. Un air glacial circule dans les coursives du sous-sol. Vite se mettre au chaud. Finir peut-être le dîner en famille. Profiter un peu des petits. Enfiler des chaussons.

Il verrouille les portières. La minuterie est en panne. Il vise la porte d'accès à l'ascenseur, juste le mur à longer, vingt mètres tout au plus.

Dans la solitude de l'obscurité, sous la grille d'aération, il se fige brusquement. Par réflexe, comme dans toute situation de tension, de surprise, de danger, son corps réagit instantanément. Un fluide plus froid que l'air le parcourt, l'adrénaline se propage, il frissonne. Impuissant.

Dehors, de l'autre côté de la grille, dans un recoin de l'immeuble qui mène au local à poubelles, des voix lui parviennent distinctement. Il les entend comme s'il était de la conversation. Sauf qu'on ne peut le voir. De l'extérieur, on ne peut soupçonner que les paroles échangées puissent malgré tout s'évader et qu'un homme se tient là, et capte la scène, invisible. Le lieu est parfait. Sans issues, en retrait, isolé.

« Tu vas nous le filer ton fric, connard ?

– Je vous en prie, je n'ai rien, laissez-moi…

– Tu veux qu'on te saigne ?

– Magne-toi, merde

– On sait où t'habites, je ne te lâcherai pas mec

– Donnez-moi du temps, je vous promets que… »

Des coups partent. Il entend le bruit sourd des poings qui s'abattent. Par les trous de la grille, il voit, malgré lui, un corps recroquevillé qui s'affaisse au pied du mur. Des baskets blanches s'en approchent. Un jean noir s'accroupit. Une tête encapuchonnée le domine. La voix l'injurie et le menace encore. Une main gauche le maintient tandis que la droite cogne encore. Derrière, à moins d'un mètre, une autre paire de baskets, dans le prolongement d'un treillis, pointe vers la rue.

Un racket, une agression, un règlement de compte ? Une certitude, deux hommes s'acharnent sur un troisième. Et lui, terrifié, la main crispée sur sa serviette de travail, le souffle court, ne bouge plus. Ne bouge pas.

Agir. Sûrement. Mais que faire ? Il pourrait simplement crier, manifester sa présence pour les déstabiliser, les décourager. Faire diversion. Mais aucun son ne sort de sa bouche. Rapidement, sa conscience a fait le point : pas de doute, il s'agit de non-assistance à personne en danger, comme on dit. Mais aussi, il se sait honteusement « ni vu ni connu ». Lui-même n'a-t-il pas « rien vu, rien entendu » ? Ce serait si facile… Bon sang, il souhaite simplement rentrer chez lui, il n'aspire qu'à cela. Si seulement il ne faisait pas si froid ? … Tous ses muscles sont tétanisés, par le froid, par la peur, par le manque de courage. Il n'a physiquement pas la force de se ruer dehors, d'hurler pour attirer l'attention, débusquer les voyous. Pour quoi… ? Les chasser ? Se battre ? C'est un coup à se prendre un couteau dans le ventre. Ils en sont capables, il le sent. Et il ne sait pas se battre. Il ne s'est jamais battu. Sa main droite serre le poing. Pouce à l'extérieur ? Pouce à l'intérieur ? C'est comment déjà pour ne pas risquer la fracture… S'il n'y avait qu'un agresseur, à la rigueur… il pourrait sortir, s'en sortir. Mais ils sont deux. Que peut-il entreprendre avec ses épaules frêles et sa voix sourde qui ne porte pas ? Non, il n'a pas la carrure pour les impressionner. C'est suicidaire. Et le week-end qui commence, les enfants qui attendent avec joie le départ au ski, l'organisation ficelée avec les amis… ce serait tout gâcher, si compliqué, et risquer de se retrouver aux urgences… Ou vivre dans l'angoisse de représailles.

Combien de fois a-t-il lu dans les journaux la rancœur de la victime, agressée dans le bus ou dans le métro, à la vue de tous, sans qu'aucun n'intervienne ? Ou pire, le témoin courageux que la conscience pousse à venir en aide, et qui reste sur le tapis, avec les honneurs pour seule récompense ? Que faire bon sang, lorsqu'on n'a pas le cran d'un héros, mais la malchance d'un honnête homme qui veut juste rentrer chez lui ? Si c'était son enfant, sa mère, sa femme, bien sûr qu'il se jetterait à corps perdu dans la bataille.

Comme l'homme à terre qui n'a plus d'autres choix que d'attendre l'accalmie, il se laisse piéger lui aussi par ce guet-apens qui le meurtrit. Quelle torture morale et mentale. C'est trop dur, trop injuste. Il a tant redouté ce cas de conscience. Il n'y a pas pire hantise pour un homme que d'imaginer être témoin d'une agression. Ne pas être l'homme que l'on croyait être… Si quelqu'un d'autre avait été dans les parages, sûrement n'aurait-il pu se défiler.

Forcément il serait intervenu d'une manière ou d'une autre… Si… et si… ? Mais là, … là…

Par chance, personne ne peut attester de sa présence. Le relier à cette scène. Le dénoncer.

Personne d'autre que lui ne peut le juger.

Sans une once de réaction, dans sa vision striée par les lames de la grille, il réalise enfin que les deux paires de baskets s'éloignent. Dans le silence de la nuit, seul un râle plaintif émane de la masse avachie sous ses yeux. Un liquide opaque suinte sur le bitume. Quelques volutes de buée s'élèvent, régulières, pour disparaître sitôt dans l'air gelé. Prévenir la police ? Il le pourrait. Instinctivement, son cerveau a imprimé suffisamment d'images pour révéler des indices précieux.

Mais alors, ce serait admettre et dévoiler publiquement sa passivité.

Il y renonce.

Détournant enfin le regard de la victime qui tente de se redresser, le plus silencieusement possible, s'appuyant d'une main fébrile sur le mur, il rejoint l'entrée des escaliers. Ecœuré.

Il prend une grande respiration et tourne la clé dans sa serrure.

« Papa ! Papa ! ». Ses enfants, délicieusement, se jettent à son cou.

« Bonsoir les enfants.

Doucement… doucement ».

Répugné par sa lâcheté, son cœur lourd ne peut les étreindre.

Parmi les siens, dans son chez-lui, il ne parvient pas à se réchauffer.

Demain, ils iront au ski.

Parlez-moi de la pluie

C'était un soir de Novembre.

En cette saison où normalement les pas de porte sont calfeutrés pour combattre les courants d'air froids et mordants. A l'heure où l'on se blottit dans une douce pénombre et l'effort pour parler se fait moindre. Lorsque les pensées s'échappent par gouttelette et que le spleen guette.

Mais ce soir de Novembre était autre.

Il avait plu toute la journée, d'une pluie tiède et insaisissable. Les nuages étaient si bas qu'ils menaçaient de mordre. Déjà ils épousaient la forme des façades qui viraient au gris pour mieux se fondre sous cette cloche épaisse. Tout était tension. Dans les rues dépouillées d'ardeur, les réverbères éclairaient quelques ombres lasses qui se hâtaient de rentrer, raturées par la pluie.

L'air avait été si doux ces derniers jours que la saison semblait vouloir recouvrer son aura.

Georges traversait vaillamment, courbé, la place Denfert-Rochereau. Le lion, d'un pelage cuivré étincelant, en suspend sur son socle de granit, semblait régner vainqueur sur les lieux. Georges rentrait chez lui, sous son feutre détrempé, une pipe sans vie coincée entre les lèvres. C'est de l'épaule finalement qu'il poussa la lourde porte cochère, prise dans un tourbillon de vent mauvais, dernier rempart entre l'ombre et la lumière.

« Quel temps ! lui lança la concierge, qui surgit sur le seuil de sa loge. Mes chats sont terrifiés. J'ai dû courir après Gargouille, il s'était caché derrière la chaudière, à la cave pensez-vous, et ne voulait plus en sortir… Ils sentent l'orage, c'est sûr.

– Quelle joie ! lui répondit Georges tout en continuant vers l'escalier. Jupiter nous revient enfin, et en forme on dirait ! Fermez bien les écoutilles, lança-t-il à mi-étage, amusé. Larguez les amarres des volets, Tonnerre de Brest ! Bon vent Mme Béru ! »

Georges monta paisiblement l'escalier. Il habitait un petit studio sous les toits de cet immeuble bourgeois, au 6e étage. Machinalement, sur chaque palier, il jetait un coup d'œil sur les plaques en laiton des appartements, des noms qui sonnaient bien, mais qu'il était bien incapable d'associer à un visage. Personne ne se croisait ici. Il faut dire que Georges, artiste bohème, ne naviguait guère dans les mêmes plages horaires que ces industriels ou grands fonctionnaires. Les étages d'en-dessous appartenaient à un autre monde, le sien commençait au sixième. Au cinquième étage, la marche qui grinçait plus que les autres lui rappelait qu'il était presque arrivé.

Il était déjà tard, la soirée étant entamée au plus près des heures troubles de la mi-nuit. Georges alluma la radio, tomba sur un air de jazz. Des notes réjouies emplirent la pièce contrastant avec les sonorités tourmentées qui se jouaient au dehors. Installé dans son fauteuil, un recueil de poésie sur les genoux qu'il ne se décidait pas à ouvrir, Georges resta ainsi, pensif et ailleurs, un long moment. Il sursauta lorsque la première déflagration se fit entendre sans prévenir. Un fracas du tonnerre. « Nous y voilà, se dit-il, Zeus vient jouer aux fléchettes. » Il se leva, un son et lumière foudroyant se jouait sous sa lucarne, qu'il contempla avec fascination. Un véritable feu d'artifice inondait la ville et criait comme une bête blessée se cognant aux barreaux de sa cage. Une flèche lumineuse se décrocha du ciel, Georges recula d'un pas comme pointé du doigt. Instantanément un chant de baryton assourdissant lui percuta les oreilles. La radio se tut. Le noir l'entoura. L'orage du désespoir venait vers lui.

On frappa à la porte. C'est bien ce qu'il lui semblait, ce n'étaient donc pas des volets qui claquaient. D'un pas maladroit, il se dirigea vers la porte, sans réfléchir outre-mesure. Trois autres coups retentirent, et Georges put entendre « Ouvrez-moi. Je vous en prie ». Il ouvrit. C'était une femme, assurément. D'abord il ne distingua qu'une silhouette chétive noyée dans l'obscurité. La foudre tomba non loin de là. L'éclair d'un instant, il rencontra des yeux verts émus qui le fixaient gravement ; un visage rond comme une lune voilée de quelques mèches brunes, barrée d'un sourire délicieusement timide ; un corps affolé comme dans l'attente d'un dénouement.

La femme brisa en premier ce silence onirique. « J'ai si peur ». Dit-elle simplement, baissant la tête.

Georges, pataud de surprise, lui fit signe d'entrer en ouvrant plus largement sa porte.

Il lui laissa le passage, et chercha à tâtons dans la commode quelques bougies à allumer. Lorsque la flamme redonna des couleurs à la pièce, il trouva la femme debout en son centre, face à lui, vêtue d'une longue nuisette en satin crème. Deux pantoufles roses aux pieds. Troublé, Georges découvrit une adorable poupée de cire en costume de nuit dans son salon.

« Voulez-vous boire quelque chose ? Une tisane peut-être ?

– Vous… vous auriez quelque chose de plus fort ?

– Un whisky ?

– Un whisky, très bien.

– Asseyez-vous, je vous en prie. »

Georges sortit deux verres. La pluie cognait de plus belle sur sa lucarne.

– Je suis désolée. Je suis seule, et l'orage me fait si peur. La lumière s'est coupée chez-moi aussi, je voyais des ombres dansantes de partout. Et ce bruit terrifiant… J'ai paniqué. Je vous ai entendu rentrer tout à l'heure. Je suis monté chez vous, comment dire… instinctivement.

– Tenez, lui dit-Georges en tendant le verre de whisky. Vous habitez juste en-dessous alors?

– Oui, au 5e étage. Je m'appelle Suzette. Lui dit-elle en proposant sa main

Georges la lui serra. Il sentit une peau douce enveloppant une main délicate.

– Et moi, Georges.

Ils se sourirent, gênés. Georges s'assit sur le bord de son lit, lui faisant face.

– Votre mari n'est pas là ? osa demander Georges. La question pouvait paraître surprenante mais c'était en effet la première chose qui lui vînt à l'esprit.

Suzette eut un petit sourire.

– Et bien non, justement. Il est dehors.

– Par ce temps ?

– Précisément.

Devant l'air surpris de Georges, Suzette poursuivit.

– Fernand est sorti faire son travail. Lui les orages, il les chasse et les traque. Moi ils me font horreur et me glacent. J'ai bien cru que l'immeuble s'écroulait tout à l'heure.

– Votre mari est… chasseur d'orages ?

– En quelque sorte, oui !

Suzette laissa planer un silence. Georges contempla son œil mutin, et sourit également. Quelque chose chez cette femme le toucha, indéniablement.

– Je vous explique ?

– Et comment !

– Fernand commercialise et installe des paratonnerres. C'est un dur métier vous savez, d'une grande responsabilité. La basilique Notre-Dame, l'Hôtel de ville, l'hôtel-Dieu… c'est lui, par exemple

– Il a équipé notre immeuble au moins !

– Même pas. Le syndic a voté contre. Il proposait un bon prix pourtant, m'a-t-il dit !

– Ne me dites pas que votre mari est sorti ce soir installer un paratonnerre par un temps pareil, en plein orage !

– Bien sûr que non, dit-elle amusée. Enfin elle semblait se détendre.

Mon mari a le sens des affaires. C'est un vrai mercenaire. Comme pour tout produit, il cherche des nouveaux clients. Alors, les soirs d'orage, c'est une aubaine pour lui. Il parcourt la ville autour des grands monuments, particulièrement ceux des clients qu'il n'a pas pu convaincre. Son idée, c'est de prendre des photos, par ailleurs c'est devenu son hobby et peut répondre d'une belle collection de nuits orageuse, très artistiques ! – dans le but espéré de fixer les éclairs au-dessus des bâtiments ; et ainsi exploiter cet argument choc pour prévenir les risques, alerter sur les conséquences matérielles possibles, et la nécessité de recourir à l'installation d'un paratonnerre au plus vite.

– Et ça marche ?

– En tout cas, mon mari ne manque pas de travail. Et son entreprise prospère…

– C'est dangereux.

– Oui, à chaque coup de foudre, j'ai l'horrible impression que mon mari se meurt… ces nuits de tonnerre m'angoissent.

– Et vous trouvez toujours à vous réfugier chez un voisin ? dit-il sur un ton moqueur

Suzette rougit.

– Non bien sûr. Mais cet orage est particulièrement brutal, vous ne trouvez-pas ?

Georges et Suzette étaient étrangement comme deux voisins papotant de la pluie et du beau temps, dissertant météorologie et littérature. « Souvent dans les récits, de par son aspect bruyant, brutal, agressif et effrayant, le phénomène de l'orage est souvent associé à une situation d'épouvante ou angoissante. » disait l'un, « De surcroît, le phénomène se déroulant souvent la nuit, l'effet de peur en est accentué », disait l'autre…

Suzette se leva et marcha machinalement vers la petite lucarne qui surplombe par temps clair les enchevêtrements des toits de Paris ; une jolie vue carte postale dont elle ne jouit pas un étage en-dessous. Mais à cet instant, elle ne distinguait à peine la façade de l'immeuble voisin. Juste quelques lueurs vacillantes se reflétaient dans quelques fenêtres éparses. Georges la rejoignit et se posta à ses côtés, comme deux marins perdus scrutant l'horizon d'un océan opaque.

« Je me sens aussi électrique qu'un de ces nuages noirs », chuchota Suzette prise d'un petit frisson qui remua imperceptiblement ses épaules.

Soudain, un autre éclair s'abattit si près d'eux que les murs en tremblèrent. Suzette poussa un cri de surprise, ou de stupeur, et se jeta dans les bras de Georges. Blottis l'un contre l'autre, surpris eux-mêmes par cette subite intimité, ils se regardèrent longuement dans les yeux, sans un mot ; leurs yeux se plurent, leurs bras se resserrèrent, l'étreinte devint câline.

Georges, ne se fiant qu'à son désir, rapprocha son visage de celui de Suzette, qui les yeux fermées, les lèvres consentantes, accepta son baiser. Et c'est l'Amour qui leur tomba dessus. Une idylle sortie tout droit des cuisses de Jupiter.

« Oh Fernand,
Toi qui sèmes des paratonnerres à foison,
Que n'en as-tu planté sur ta propre maison?
Erreur de débutant Monsieur le représentant. »

***

Oh comme cette nuit-là lui paraissait déjà si lointaine. Pourtant Georges la revivait intérieurement dans une sombre amertume dès que la nuit tombait. « La fieffée salope… » s'entendait-il souvent marmonner dans un mélange de rancœur et de douce mélancolie. Depuis ce jour où il s'était levé sans imaginer que le soir même, son cœur ne serait plus le même, Georges passait et repassait le film de cette nuit d'orage en scrutant maladivement le ciel. En priant pour qu'il s'assombrisse au plus vite et que Jupiter revienne le violenter. Et que la belle tienne sa promesse.

Suzette, après avoir déchargé son trop-plein émotionnel dans les bras câlins de Georges, s'était bien vite revêtue lorsqu'une accalmie fit subitement retomber un silence gênant et que les contours de la pièce leur parurent d'un coup reprendre des formes bien plus concrètes qu'elles n'y paraissaient quelques instants auparavant. Tous deux avaient précipitamment envoyés leur Raison voir dehors s'ils n'y étaient pas, mais leur Raison venait de revenir, bredouille… Les pliures boudinées des draps débordant des rebords du lit et les vêtements de Georges tels un pantin disloqué aux quatre coins de la couche apparaissaient comme les ultimes vestiges de la lutte sensuelle et du charme divin qui venaient de se rompre. Suzette, debout, tournant le dos à Georges, remettait autant que faire se peut de l'ordre dans ses cheveux. Elle avait recouvré un teint bien plus pourpre et des gestes bien plus assurés, que lorsqu'elle s'était présentée à son inconnu de voisin à l'improviste. Sa frayeur s'était largement dissipée, aussi radicalement que l'orage qui partait clopin-clopant se faire entendre ailleurs.

Suzette, dans une féminité déconcertante, lança à Georges un regard formulé d'excuses et de reconnaissance. Juste avant de passer la porte qui la ramènera dans ses foyers, elle se retourna et prononcera ces mots qui résonneront longtemps dans la vacuité soudaine de l'appartement : « Rendez-vous au prochaine orage ». Georges, tel une épave subissant la rage des éléments, n'avait trouvé la force ou l'esprit de réagir, et en était encore à se demander lorsque le claquement de la porte retentit, si cette dernière phrase sibylline avait été dite avec un point d'interrogation, d'exclamation ou trois points de suspension…

C'est encore ce qu'il se demandait ce matin-là, Georges, planté devant sa lucarne, en fumant calmement sa pipe. Il était enfin de meilleure humeur. Un fin crachin de pluie imbibait l'atmosphère de la ville. C'était déjà bien mieux que les jours et les jours qui venaient de s'égrainer sans fin baignés d'une lumière crue qui lui brûlait les yeux. L'orage avait si bien lavé et essoré le ciel que tous les nuages avaient été chassés pour faire place à un ciel azur, orné d'un soleil triomphant. Suivies de nuits et de nuits étoilées qui ne souffrait d'aucun voile pouvant atténuer cet éclat de luminosité. Georges, qui n'est pourtant pas le genre d'homme qui s'en laisse compter, se surprenait à espérer autant du temps et déprimait doucement devant tant de beau temps. Son seul espoir était de voir surgir un cumulus, que dis-je un nimbus, mieux un stratus, qui en appellerait un autre, qui en rameuterait d'autres encore, pour que la pluie vienne, pour que les vents s'en mêlent, pour que l'orage survienne, et ainsi qu'elle revienne… Des femmes, il en avait connues. Des Margot, des Jeanne et des Pénélope, des ingénues et des farouches, des Sainte-Nitouche et des coquines. Il en avait trahi des maris, formulé des promesses, compté des cocus, trompé des maîtresses. Il en avait quitté lui aussi des lits en pleine nuit, connu des conquêtes évanouies au petit matin… Les femmes lui apparaissaient comme des œuvres d'art qu'il aimait visiter, toucher, admirer sans pour autant se les approprier. Pourtant jamais il n'avait ressenti ce trouble, à en perdre la tête, d'être abandonné par Suzette. Jamais son cœur n'avait cogné si violemment, esclave d'une attente sans fin, suspendue au temps qui passe et au temps qu'il fait.

Georges vit passer un escadron de moineaux traverser le ciel furtivement. Il les revit passer en sens inverse quelques minutes plus tard, en décrivant de grands arcs de cercles et virer de bord sans prévenir. Il ne sut absolument pas comment traduire leur agitation manifeste. Était-ce un bon présage pour ses affaires ? La preuve d'une certaine électricité dans l'air ? … Ou tout son contraire. Georges, sans tenter de s'y opposer, laissa le visage de Suzette apparaître en surimpression de son champ de vision. Que faisait-elle en cet instant ? Était-elle là également adossée aux rideaux épais de ses grandes fenêtres à lever les yeux au ciel ou à danser esseulée dans son salon la danse de l'orage en lançant des incantations ? Ses pensées dévièrent vers ce grand

Benjamin Franklin à qui il était tant redevable. Il se souvint avoir béni son nom lorsque la voisine effrayée était venue cogner à son huis, réclamer ses bons offices et pour finir se réfugier aux creux de ses bras. Ce brave homme était devenu le complice caché et la véritable cause de sa folle nuit d'amour. Sans lui, point de paratonnerre, point de mari vaillant au gré des orages, point de femme abandonnée à son triste sort, point de réconfort salutaire pour Georges. Il s'était pris d'affection et d'intérêt pour ce grand homme, véritable représentant, non pas de paratonnerres, mais de toute la grandeur du siècle des lumières. Un homme qui a marqué son temps, c'est peu de le dire. Homme de science, inventeur, homme politique, diplomate, imprimeur, philanthrope, autodidacte, Benjamin Franklin est aussi connu pour être l'inventeur du paratonnerre en démontrant l'activité électrique de tout orage, qu'un des pères fondateur des États-Unis en rédigeant et signant la Déclaration d'indépendance de l'Amérique. Ce qui lui vaut d'avoir au moins un boulevard sinon une rue à son nom dans chaque ville et sa tête sur les billets de 100$. Heureux en amour, l'histoire ne le dit pas, mais en homme prévoyant et rationnel Benjamin Franklin avait installé son premier paratonnerre… sur le toit de sa propre maison. Georges loua donc intérieurement ce brave inventeur du paratonnerre, qui permet d'éloigner, non seulement la foudre, mais aussi les maris en leur donnant du fil de fer à retordre vers le ciel.

La contemplation de cette pluie fine revigora d'un coup Georges et le motiva pour enfin sortir prendre l'air. Ces derniers jours, écœuré par le beau temps, il était resté cloîtré dans l'atmosphère étouffante de son studio. Muni d'un parapluie, il descendit l'escalier en écrasant grossièrement la marche qui grince aux abords du cinquième étage, espérant manifester sa présence auprès de sa voisine, pour peu qu'elle guettait ses pas.

Pour seule personne pouvant surveiller ses allées-et-venues, il croisa bien sûr Mme Béru.

« Ah Monsieur Georges ! Quel déluge nous avons-eu, n'est-ce pas ! Vous n'avez-eu pas trop de dégâts sous vos toits au moins?

– J'aurais voulu qu'il dure 40 jours, 40 nuits…, marmonna Georges énigmatique. Et pour seuls dégâts, je les déplore dans mon cœur

– Ah bon ? Vous avez-eu des palpitations Monsieur Georges ? Gargouille aussi vous savez, j'ai bien cru qu'il allait se mourir de peur.

– Si vous voulez bien me rendre un service Mme Béru, prévenez-moi bien si votre chat court à l'avenir se réfugier dans la cave, ce chat a du flair ! »

Et en laissant la concierge incrédule buter sur le sens de cette demande, Georges sortit dans la rue se gorger de pluie.

La ville était plus animée qu'il ne le pensait. Les parapluies se heurtaient les uns aux autres ou aux étals de la rue Daguerre. Georges était amusé de constater de l'agacement et de la morosité sur la triste mine des passants alors que lui bien au contraire se sentait guilleret. La pluie lui offrait des possibilités que nul ne pouvait soupçonner. Marchant d'un pas nonchalant, il se laissait guider au hasard des fumets qui filtraient par sa moustache et qui se mélangeaient aux odeurs brunes de sa pipe. C'est alors qu'il la reconnut. Aussi sûrement qu'il la revoyait s'éloigner de son lit jusqu'à la porte de sa chambre. De dos, elle s'apprêtait à traverser une rue encombrée d'une circulation rugissante. Elle semblait guetter l'instant favorable pour se faufiler entre deux voitures, alourdie de sacs dans chaque main. Les épaules un peu recroquevillée, le cou retranché, la tête penchée pour laisser le moins de place à l'infiltration des gouttes dans son col. Elle cheminait en effet sans parapluie. Georges resta pétrifié sur place, les battements de son cœur doublaient le bruit des gouttes sur le toit de son parapluie. Il songea un instant à courir à sa rescousse mais ne bougea point. Pourtant, « Qu'elle est belle » pensa-t-il. Paniquée et dégoulinante, elle paraissait aussi démunie et fragile que ce fameux soir, tout son corps encore une fois semblait réclamer de l'aide. Comme si elle ressentait qu'un regard bienveillant s'appesantissait sur elle, Suzette tourna la tête et découvrit Georges à quelques mètres d'elle la dévisager. Stupéfaite, elle semblait malgré tout esquisser un sourire, perdu dans ses mèches mouillées, et Georges reprit espoir. L'espoir de ne pas avoir à attendre les prochains orages, l'espoir que même les grands ciels bleus puissent être le théâtre de leurs aventures, la folle pensée qu'il n'y ait plus de maris à sécher les soirs de tempêtes. Georges fut ébahi de voir Suzette courir soudain vers lui se mettre à l'abri de son parapluie.

« Je peux ? demanda Suzette.

– Il y a de la place pour deux.

Suzette était trempée, Georges aurait aimé la prendre dans ses bras et se coller à elle, mais ses deux mains encombrées des sacs du marché en gâchaient le plaisir.

– Quel temps !

– Quel merveilleux temps…

Un silence gêné s'invita, tandis que Georges savourait la magnificence de la situation.

– Tu me raccompagnes ?

Georges nota le tutoiement soudain qui vînt confirmer que ce qu'il avait vécu avec cette femme n'avait pas été rêvé.

– Laisse-moi t'aider, proposa Georges en la soulageant d'un sac. Spontanément, Suzette lui pris le bras.

– Tu sais, …

Georges marchait fièrement comme un conquérant. La pluie tambourinait tout autour de plus belle.

– Tu sais, reprit-elle, la nuit de l'orage… Il est possible que… l'ambiance… enfin, … je me suis un peu laissée aller. Il ne faut pas imaginer que…

Georges sentit que ses espoirs prenaient l'eau.

– Il faut que je te dise. Je vais partir. Enfin, nous déménageons.

Georges eut du mal à maintenir son parapluie bien droit. Son bras faiblissait.

Mon mari a bien gagné sa vie, on peut même dire qu'il est devenu millionnaire à force de vendre ses bouts de fer. Mais il ne veut plus de cette vie. Nous partons aux Seychelles.

Georges accusa le coup, un temps.

– Mais… Que fais-tu de notre coup de foudre ?

– De notre coup de folie, Georges…

– … Que puis-je faire pour te garder auprès de moi ?

– Rien Georges, … je suis désolé. Cette nuit avec toi a été l'une des plus extraordinaires que j'ai vécue. La plus inattendue. La plus romantique aussi… Mais l'orage est passé…

Georges comprit que c'était sans appel. Il dit, résigné:

– J'ai été vraiment heureux qu'on lui ait tenu tête ensemble. Dieu m'en est témoin, j'aurais remué ciel et terre pour en affronter un autre…

Suzette déposa un tendre baiser sur sa joue.

– Adieu Georges » dit-elle d'une voix baignée de douceur, et sans se retourner, courut au-devant et disparut.

Depuis, Georges ne l'a jamais revue.

***

De toute cette histoire, Georges en a tiré au moins un bénéfice. Lorsqu'il comprit, sous son parapluie, que Suzette partait vers d'autres cieux, des pays imbéciles de surcroît où jamais il ne pleut, il saisit également qu'il tenait là une belle inspiration de chanson... De retour dans son studio où disparaissait par évanescence la douce apparition nocturne de Suzette, rythmé par le goutte à goutte qui résonnait sur la lucarne, il écrivit d'une plume ininterrompue, « Un petit coin de parapluie, contre un coin de paradis… ».

La décision

Théodore sait qu'il va mourir, tôt ou tard. Comme tant d'autres certes. Mais tout le monde n'a pas une tumeur au cerveau, qui en quelques semaines, en quelques mois, d'après les médecins, fera passer Théodore de vie à trépas. « Tumeur… tumeur… tu meurs, Théodore ! » se répète-il en boucle, en sueur, à toute heure du jour, et surtout de la nuit. A la cinquantaine, il ne se sent ni vieux ni vieillir. Il ne veut pas croire en regardant son corps dans la glace, un corps encore robuste et sportif, tonique et séduisant, qu'un ennemi lâche et impalpable le ronge de l'intérieur. Ce corps qui a su le hisser sur les plus hauts sommets enneigés, combattre les éléments, vaincre les blessures, comment a-t-il pu tomber dans le vil traquenard du cheval de Troie ?

Théodore roule paisiblement et achève la centaine de kilomètres qui le mène à ce petit village de Touraine. Dehors la neige a recouvert les grandes étendues de terre et les toits des fermes environnantes ressemblent à de grandes voiles blanches sur un océan de glace.

Théodore se gare sur la placette devant l'église. Il contemple un instant le large porche sculpté de style roman. La blancheur des pierres s'étire majestueuse jusqu'au clocher. En regardant cette flèche pointée vers le ciel, Théodore se rappelle en quelque sorte la raison de sa venue.

Les longues réflexions de ces derniers jours l'ont poussé à prendre une décision. L'amertume de Théodore n'est pas tant suscitée par l'abandon d'une vie inachevée. Pour cela il se sait résigné. Mais l'idée de se voir ou de se sentir dépérir lui est insupportable. Cartésien, pragmatique, Théodore n'en est pas moins sensible à l'affectif et au ressenti. L'idée a germé de s'en remettre à une expérience. L'empirisme a tendance à le rassurer. Théodore interprétera donc le résultat comme solution à son dilemme. Une expérience en deux manches gagnantes. Deux évènements qui le conduiront à un sentiment favorable ou défavorable. S'ils s'avéraient contradictoires, Théodore entreprendrait en conséquence un ultime rendez-vous, décisif, pour être en mesure de prendre sa décision.

Il repère facilement l'enseigne et se dirige calmement vers la Maison de la Presse, coincée entre une supérette et le bureau de poste. Il entre. Le grelot de la porte interpelle vaguement la femme au comptoir. Elle jette un regard indifférent et presque goguenard à ce client, qui assurément n'est pas d'ici. La cendre de la cigarette coincée entre ses lèvres tombe sur le catalogue qu'elle parcourt négligemment des yeux. Une volée d'invectives à l'égard d'une subordonnée qui s'active dans la remise s'échappe de sa voix rauque et rugueuse. Théodore fait mine de parcourir les revues, en choisit une au hasard et la feuillette. Une odeur de tabac froid plane dans ces contre-allées et l'écœure au plus haut point. Théodore observe Madame B. à la dérobée. Visage terne. Elle a le teint gris, ses joues sont boursouflées, aucune lueur dans les yeux. Elle s'exprime vulgairement et pas un signe dans sa voix ni dans ses gestes ne peut laisser transparaître une once d'amabilité et de douceur. Théodore n'est pas là pour jauger le cœur de cette personne. Il se souviendra néanmoins du nombre de cigarettes, l'une allumant l'autre ou presque, le temps de sa visite. « C'est pas fait pour être consommé sur place » entend-il depuis le comptoir. Théodore ferme sa revue, s'approche de la caisse pour régler.

« Vous êtes Madame B. ? demande-il en posant sa monnaie. Il perçoit un regard aussi noir que surpris…

– Et en quoi ça vous intéresse ?

– Pour rien. ».

Et Théodore sort sans se retourner. Il rejoint sa voiture et dépose le magazine sur le siège passager. Il sourit. Sur la couverture un voilier blanc louvoie entre les blocs de glace de la banquise.

***

Après quelques jours, la neige n'est plus, le soleil est revenu. Théodore est dans le train qui le mène à Orléans. Le paysage défile. Une lumière crue rogne le reflet de son visage sur la vitre. Dans son corps la tumeur progresse, inexorablement. Théodore songe… La première rencontre a remporté un avis défavorable. A présent la deuxième manche. Sera-t-il libéré ce soir de ses hésitations?

Théodore pousse une lourde porte qui sitôt refermée l'isole des bruits oppressants de la ville. L'obscurité l'emmitoufle d'un coup. L'interrupteur qu'il trouve enfin actionne comme par magie une lumière diffuse. Un piano résonne depuis les étages supérieurs. Guidé à l'ouïe, Théodore monte lentement les escaliers du conservatoire de musique. Il entre dans une grande salle de concert. La résonance puissante et mélodieuse qui se faufile jusqu'à lui entre la rectitude des dossiers rouge pourpre le fait un temps vaciller. Le corps frêle d'un garçon d'une quinzaine d'années se meut au rythme de ses doigts qui dansent sur le clavier d'un grand piano noir, au centre de la scène. A ses côtés, son professeur, les yeux clos, concentré, égrène par le mouvement de sa main chaque note qui lui parvient. Dans les premières rangées, un homme, seul comme un pion perdu sur un échiquier rouge et noir, fixe les deux hommes, attentif. Théodore prend place discrètement dans un fauteuil et écoute. La musique pénètre en lui comme le vent qui s'engouffre dans une brèche. Il aimerait que jamais ce bien-être ne cesse. Théodore observe ce jeune virtuose. Le visage du pianiste s'assombrit dans les passages dramatiques, puis s'égaye à nouveau dans les grandes envolées, il est pleinement vivant. Le professeur interrompt l'enfant et le critique sans ménagement. Théodore se lève, et vient s'asseoir aux côtés de l'autre spectateur. L'homme le salue.

« Il est trop pressé, il aime moins ce passage et veut vite sans débarrasser !

– C'est votre fils ?

– Oui. Octave doit présenter cette œuvre le mois prochain à un grand concours parisien.

– Vous êtes confiant ?

– Oh moi oui ! Son professeur le maintient sous pression, c'est normal. Mais je le sens au point, son interprétation est … élégante, et ne manque pas d'émotion je trouve.

– Il joue avec son cœur, ça s'entend…

– Exactement. »

L'élève reprend son étude. Théodore chuchote : « La musique le rend heureux ? ». L'homme tourne vers lui ses yeux de père ému et fier. « Pour sûr. La vie entière le rend heureux. »

Théodore se retrouve à l'air libre, et peine à s'orienter, comme déboussolé par l'instant de grâce – l'instant de trêve - qu'il vient de vivre. Il aurait aimé prendre le temps de discuter avec l'enfant, mais fidèle à sa logique, préfère ressentir ses émotions plutôt que les influencer. Des émotions positives cette fois-ci… Il ne lui reste donc qu'à organiser une troisième manche décisive.

***

« Merci de me recevoir, mon Père

– Que puis-je faire pour vous ? »

Dans cette petite église du Val de Loire, les deux hommes sont assis sur le premier banc jouxtant le chœur et fixent tous deux la statue du Christ qui leur fait face. Théodore n'est pas à son aise, le Père René feint de ne pas s'en rendre compte. Les lueurs vacillantes des bougies et les rafales de pluie fouettant les sages figures des vitraux confèrent à la scène un halo de solennité, non sans déstabiliser un peu plus Théodore.

– Vous savez, je ne me suis pas souvent assis sur ces bancs durant mon existence. Ne croyez pas que je vienne chercher sur la fin de ma vie quelque réconfort opportuniste. J'ai tenu à distance l'Amour de Dieu, plus par repli égocentrique que par rejet de la religion… Aujourd'hui, j'ai besoin de me confier à vous, j'ai besoin de votre avis. Je voudrais connaître la position de l'Église sur une question qui m'obsède…

Et le prêtre écoute Théodore dans le silence de son église, hoche la tête, lui sourit et prépare la réponse qui sans doute saura l'apaiser. Tout en parlant, tout en se délivrant, Théodore regarde le corps de ce Christ mort sur une croix. La lumière de plus en plus contrastée filtrée par les vitraux met en exergue les blessures infligées à ce corps qui a souffert pour autrui. Ses yeux ne quittent plus cette plaie ouverte perlée de rouge qui barre symboliquement la poitrine de la statue de bois.

***

Théodore est assis près de sa cheminée dans son grand fauteuil rembourré de paille de seigle. Les bûches crépitent et lui offrent un immense réconfort. Seul, dans le salon rustique de sa maison solognote, les pensées l'assomment. Mais sa décision est prise. Il signera le papier d'ici ce soir. Qu'il portera désormais toujours sur lui. Jusqu'à ce qu'il succombe. Pour l'heure, il se laisse encore porter par cette quiétude, au coin du feu, alors que dehors, dans la pénombre, une brume, comme un loup aux abois, sort de la forêt et lèche, lancinante, les pourtours de sa demeure. Théodore a toujours eu un rapport particulier avec son corps. Très tôt, très jeune, il a travaillé sa virilité, fier de ses muscles saillants ; son corps n'a connu que le langage de la compétition. Théodore, malgré lui, n'aime pas les faibles, aime être fort. Flancher, perdre, abandonner n'est pas dans sa mentalité. Ses rapports aux autres en sont directement affectés puisqu'au premier abord Théodore peut paraître hautain, intolérant, intransigeant. Mais lui-même l'est avec son propre corps… Les femmes qui l'ont connu ont fini par le fuir, le jugeant suffisant, égocentrique. Même ses propres enfants ont pris leur distance aujourd'hui… Par manque d'écoute, par manque d'intérêt à leurs égards. A-t-il seulement une fois tendu la main aux autres ? Qu'a-t-il fait de bon envers autrui ? Que lègue-t-il comme valeurs humaines au moment où la route s'achève ? …

La vision de sa mort lui fait horreur. Lorsqu'il s'est penché sur les démarches qu'il pouvait entreprendre de son vivant, par respect pour ses proches, il a été confronté à cette question qui jusqu'à présent ne lui avait jamais traversé l'esprit : s'était-il prononcé sur le don d'organes ? En cas de décès, était-il d'accord pour qu'on lui prélève des organes sains de son corps défunt pour sauver une autre vie ? … Instinctivement, il dit non. Il s'y refuse. Catégoriquement. Hors de question de le toucher. De l'abîmer. De fouiller dans les entrailles de sa chair. Puis un doute. Puis une réflexion. Puisqu'il est mort, puisque son corps ne lui répond plus, quel frein y aurait-il ? … Il ne sait pas, il se sait plus. Il pense tout et son contraire.

Par hasard, en se documentant sur le sujet, Théodore identifie deux greffés. Dans son schéma cartésien, il veut vérifier par lui-même la finalité d'un tel don de soi… Sauver des vies, peut-être ; mais quelles vies ? Pour qui ? Pour quoi ? Une deuxième chance est-elle justifiée alors que lui-même n'en aura pas ?

Madame B. a bénéficié d'une greffe de cœur. Madame B. souffrait d'une insuffisance cardiaque, et par les lois de la compatibilité, et de la chance, a pu obtenir un cœur salvateur. Pourquoi elle ? Savoure-t-elle seulement le goût exclusif qu'il lui est donné de survivre ? Quelle hymne à la vie perçoit-elle dans ces nouveaux battements de cœur, cédé en toute humilité par un anonyme? Théodore se répugne à faire don de son corps pour sauver un alcoolique d'une cirrhose de foie, ou un fumeur d'un cancer des poumons… Mais sa rencontre avec Octave l'interpellera. Suspendu à la vie par une dialyse, ce jeune garçon a finalement pu être greffé d'un rein sain. Une renaissance qui durera au mieux une quinzaine d'années, puis Octave devra espérer l'octroi d'un nouvel organe. « C'est peut-être Mozart qu'on assassine », s'indigne Théodore… Sa conversation avec le père René lui a fait prendre conscience de bien ces choses. Sur lui-même et sur la vie. Il en est ressorti bouleversé. Par chance pour lui, ses larmes de culpabilité se mélangeaient dans la pluie… De surcroît il a entendu ce qu'il souhaitait se faire confirmer : à quelques exceptions près, dans l'ensemble les religions ne s'opposent pas au don d'organe et l'encouragent même comme véritable acte de charité ; à l'image du Christ qui a souffert et donné sa vie pour ceux qu'il aime. Cette décision est soumise à la conscience de chacun…

Le téléphone sonne. Théodore sort fébrilement de ses pensées, et constate que le feu se meurt.

A sa grande surprise, la mère de ses enfants vient prendre de ses nouvelles.

« J'ai quelque chose d'important à te dire, lui glisse Théodore en fin de conversation. Je veux que tu saches, qu'à ma mort, je suis consentant au don d'organes. Tu m'as bien entendu?

– Théodore, que se passe-t-il, je ne te connaissais pas si altruiste…! Pendant qu'on en parle… Je suis gênée de te le demander; mais en toute simplicité… tu ne m'as pas dit… si tu souhaitais l'inhumation ou la crémation… ? »

Silence de mort.

Théodore frémit.

Il n'en a aucune idée. Il ne s'est jamais posé la question.

Le rêve

L'histoire que je veux vous conter vous paraîtra sûrement fantasque, voire ubuesque. Moi-même je m'interroge encore quant à ses tenants et aboutissants. Je comprendrais parfaitement le scepticisme que vous ne manquerez pas d'éprouver à sa lecture, il est légitime. Pourtant tout y est vrai. C'est pourquoi j'ai souhaité attester par écrit ce que j'ai vécu. Pour laisser traces, et parce que cette histoire peut concerner chacun d'entre vous, faire écho… Je suis tenté de vous livrer sans plus attendre le fin mot de l'intrigue mais j'ai besoin de vous relater l'enchaînement des faits qui la constitue jusqu'à son dénouement. Pardonnez-moi de ménager le suspense. Je veux vous mettre dans les mêmes conditions d'étonnement que je l'ai été.

C'était l'été dernier. Un hennissement me réveilla brusquement. Je m'en souviens très bien. Etait-ce Luna ? Ou bien Faribole ? Sûrement Luna. Il n'y a que lui pour réclamer ainsi son petit déjeuner. C'est notre coq en quelques sortes. Un réveille-matin que je ne suis logiquement pas censé entendre, j'aurais déjà dû être sur le qui-vive. Mais ce matin-là, une fois n'est pas coutume, je dormais d'un sommeil du juste et me réveillai en sursaut. J'avais une étrange sensation. D'abord parce qu'en temps normal je ne me souviens jamais de mes rêves ; j'ouvre un œil, je m'étire, je passe sous la douche, je file vers la cuisine et je subis instantanément ma journée sans me soucier de mes dernières aventures avec Morphée. Morphée n'étant là pas le nom d'un cheval. La vision très nette d'une image, devrais-je dire une photographie, se prolongea longuement en moi, même les yeux ouverts. Etait-ce la dernière séquence de mon rêve, interrompu brutalement ? On dit pourtant que le dernier wagon du sommeil n'est pas le cycle dont on se souvient le mieux. Non, cette image flottait en moi comme si la diapositive était restée coincée tout le temps de mes sept heures de sommeil. Projetée jusqu'à ce que j'en prenne conscience. Je voyais très nettement une chapelle, plutôt modeste, vue de trois-quarts. La perspective me permettait d'admirer l'enfilade des trois arcades, en forme d'ogives, sur sa face avant et la profondeur de son flanc, percé de deux vitraux aux reliefs bleutés. Un clocher comme un chapeau pointu s'élevait au-dessus de l'entrée, et deux pentes droites et abruptes coiffaient le reste de la charpente. Une petite chapelle comme on les dessine symboliquement à dos de vallons dans l'arrière-plan d'une campagne bucolique. Pourtant, je le jure, je l'atteste, jamais je n'avais de mes yeux vu, ni sur photos, ni sur magazines, dans mon enfance ou encore moins récemment, aperçu de près ou de loin cette chapelle. Je ne sais comment elle s'est incrustée dans mon imaginaire cette nuit-là, avec force de détails architecturaux et précisions artistiques que ma propre culture et sensibilité ne sauraient naturellement mentionner. Cette chapelle, blanche et chétive, rayonnait sous un ciel azur. Elle se plantait, guillerette, au beau milieu d'un pré carré bordé de peupliers et autres feuillus qui escortaient la parcelle dans un cordeau de charme. Dans le bas gauche de mon image, un vieux pont de pierres tout arrondi enjambait un minuscule ruisseau qui semblait émerger de nul part, et laissait un chemin de graviers serpenter jusqu'à l'entrée de la chapelle. Un vrai paysage d'aquarelle, à la fois naïf, tellement classique, mais si apaisant. Sur le fronton de granit au-dessus des arcades, je pouvais clairement lire « Chapelle de la Source ».

Une fois debout et l'esprit un peu plus éveillé, mettant de côté cet épiphénomène, je vaquais à mes occupations avec un certain retard sur le programme. Heureusement, je pouvais compter sur ma fine équipe pour faire tourner l'écurie sans moi. Ah oui, je précise, je suis gérant d'un centre équestre, non loin des dunes du Pilat, dans la région du bassin d'Arcachon. Une modeste affaire qui tourne à peu près rond et qui surtout me procure un immense plaisir au quotidien. Oh ce n'est pas un haras, mais la clientèle est au rendez-vous et l'ambiance du club excellente. Certes, la charge de travail est immense. Non-stop. Auparavant, ma femme, mon ex-femme, m'aidait dans la gestion du centre. Elle est partie avec un riche propriétaire du cru, un client sans vergogne qui croit que tout s'achète. Je ne m'étendrais pas sur le sujet, encore meurtri par le tiercé gagnant qui me tomba dessus : je perdis la femme que j'aimais, la présence de ma fille Eléonore, et la location à l'année de deux box bien rentables… Eléonore, depuis, me rejoint les week-ends et une partie des vacances. C'est contraignant pour elle, c'est désolant pour moi, mais cette séparation n'a jamais entamé la complicité et l'amour que nous nous témoignions. Chaque instant passé ensemble n'en est que décuplé de plaisir.

Le soir même, seul sur ma terrasse, profitant des dernières lueurs du soir, à l'heure où le centre équestre ne bat plus de son pouls effréné et que la poussière retombe, je me laissais aller. Et sans m'y attendre, l'image chimérique de la chapelle me revînt. Elle battait toujours pavillon « Chapelle de la Source »… Intrigué, pragmatique ou suspicieux, j'eus l'idée d'allumer mon ordinateur. Dans mon moteur de recherche Internet, j'inscrivis les 4 mots de ma vision. Pendant que la page des résultats se faisait attendre, moi en revanche je ne m'attendais à rien. Et pourtant… Je cliquais au hasard des liens. Les premiers résultats de la recherche affichaient des articles dont la pertinence du mot « source » associé au mot « chapelle » était certaine mais sans intérêt pour moi. Le cinquième lien me laissa pantois. Il s'agissait d'un site recensant toutes les chapelles de France, classés par style, roman ou gothique, avec quelques descriptions historiques, légendes ou anecdotes. Je la reconnus instantanément. Sous un autre angle, sous une autre lumière, dans une autre saison, la chapelle de mon rêve s'affichait, malicieuse, sur l'écran. La similitude ne souffrait d'aucun doute. C'était bien elle. Je reconnaissais le même pont de pierres, le petit chemin, le terrain, l'arrière-plan, les trois arcades, les vitraux… Ce ne pouvait être une coïncidence. Un temps j'ai pensé que je pouvais être victime de ce que l'on appelle la mémoire immédiate, celle qui explique nos sensations de déjà-vus lorsque, en une fraction de secondes, notre cerveau s'emmêle et range une scène du temps réel dans la case d'un souvenir lointain… Ou inconsciemment ai-je pu vouloir à tout prix superposer la photo de la page web avec le souvenir qu'il m'en restait ? Mais je peux certifier que si j'avais eu la présence d'esprit le matin-même de transposer sur papier tous les éléments de ma vision, j'aurais pu précisément les retrouver sur son équivalent digital…

Imaginez mon désarroi… J'ai rêvé d'un lieu que je ne connaissais pas et qui pourtant existe dans la vie réelle. Un peu comme si, totalement ignare et inculte, m'étaient apparues en songe les trois pyramides de Gizeh, et que le lendemain je tombais sur un reportage tourné aux pieds de ces trois tombeaux. Certes, j'aurais préféré visualiser les numéros gagnants du loto, mais l'effet de bord était le même : l'incompréhension, la stupéfaction, l'étourdissement. Y'avait-il un sens à tirer de cette révélation ? Je ressentais la même indécision qu'avaient dû ressentir ces enfants à Notre Dame de la Salette, étourdis par l'apparition de la Vierge.

Fallait-il partager cette expérience, prévenir des autorités, chercher la cause scientifique au risque de passer pour un fou ? … Je pris le parti de garder secret cet évènement. Bien que sensiblement chamboulé, je mis de côté mes questionnements. Je ne cherchai pas outre mesure à trouver d'absurdes explications à ce phénomène que je me refusais de titrer de « paranormal »… Dans un premier temps, la saison estivale battant son plein et accaparé par le soin de mes chevaux, je n'eus guère le temps d'analyser le pourquoi du comment.

Ce n'est que quelques jours plus tard que j'ai souhaité creuser un peu l'affaire. Et envisagé l'idée de faire le déplacement. Plusieurs fois je suis retourné sur la page Internet de la chapelle de la Source. Contrairement à d'autres références du site, il n'y avait que très peu d'information à son sujet, et un message laconique encourageait quiconque aurait l'amabilité de compléter la rubrique en s'adressant au webmaster. Une seule indication y était portée et allait s'avérer capitale pour la suite de mon investigation. « Luisseguin, (33) ». Notre époque est formidable, il suffit d'un clic pour trouver réponse à ses questions. Je pus donc facilement localiser la petite commune de Luisseguin, en Gironde. A l'Est de Bordeaux, dans la région viticole de Saint-Emilion, à moins de 150 km de là où je vis. Incroyable. Une aiguille qui ne fut pas si difficile à trouver dans sa meule de foin. Car tout portait à croire que la chapelle gisait en ces terres. C'était décidé : le week-end prochain j'emmènerai Eléonore en balade du côté de Luisseguin. Il était temps pour moi de passer du rêve à la réalité…

Eléonore avait chantonné pendant tout le voyage. Ce n'était pas si souvent que l'on s'échappait en duo de l'odeur du foin, du cliquetis des fers, des manèges qui tournent en rond. Nous avions l'impression de faire l'école buissonnière. Pour parfaire cette échappée, je délaissais l'autoroute pour emprunter les chemins de campagne. La région se parait de ses meilleurs atouts comme pour nous féliciter de partir à sa rencontre. Perdue entre mille vignes, au détour d'un virage, la commune de Luisseguin nous apparut comme une forteresse vaillamment protégée par une armée de fantassins au garde-à-vous. Nous arpentions les ruelles ombragées du bourg, savourant les zones de fraicheur que les murs de pierre tentaient de conserver tant bien que mal. Eléonore spontanément me saisit la main en marchant, silencieuse. Je me rappelle m'être demandé combien de temps une petite fille de neuf ans chercherait-elle encore la compagnie de ma paume en signe de tendresse ? J'étais bien. Au hasard de notre promenade, nous avons traversé des parcelles de vignes, franchis des petits murets, contournés des bâtisses, délestés de leurs mûres des enchevêtrements de ronces, et pour compléter un bouquet de fleurs sauvages avons soudainement jaillis à l'orée d'une clairière. Il ne restait que le petit pont de pierres à gravir pour atteindre la chapelle, rayonnante, qui semblait heureuse de l'arrivée inopinée de quelques visiteurs. Elle siégeait là, fidèle à sa photo, fidèle à ma vision. Je ressentis une forte émotion, une énergie impalpable, quelque chose d'inqualifiable tout en faisant le tour des quatre murs blancs. Eléonore complétait son bouquet de coquelicots rouges vifs, tandis que je me rafraichissais le visage, plongeant les mains dans un bassin d'eau fraiche que je découvrais derrière les arcades, lorsqu'une voix nous héla, doublée par le vrombissement d'un moteur.

Nous nous retournâmes. Une femme, en salopette de travail avec ce genre de fermeture éclair qui va des genoux jusqu'au cou, descendait de son tracteur et se dirigeait vers nous. Ses premiers mots furent, dans mon souvenir approximatif, pas très éloignés de ceux-là :

« Je peux vous aider ? Vous êtes sur une propriété privée, ici.

Le ton ne se voulait pas agressif mais suffisamment dissuasif pour nous sentir gênés.

– Bonjour ! Désolé, je me promenais avec ma fille et nous sommes tombés par hasard sur cette jolie chapelle qui a attiré mon attention. Ma fille voulait cueillir quelques fleurs des champs. Nous repartons, ne vous inquiétez pas.

– Non mais finissez, je vous en prie. Je voulais juste m'assurer qu'il n'y avait pas de soucis. Il y a peu de passages par ici… C'est vrai qu'elle est mignonne cette chapelle, surtout par ce beau temps.

– Elle appartient à la commune de Luisseguin ?

– Non, elle est à nous, enfin à ma famille, je crois ! En tout cas, elle est sur notre terrain, et c'est nous qui l'entretenons. Elle date du XIIe siècle il me semble.

– Elle est sacrément bien restaurée. M'autorisez-vous à prendre quelques photos ?

– Bien sûr. Mais sortez-moi bien du cadre ! »

Pendant que je prenais quelques clichés, Eléonore est venue me dire à l'oreille qu'elle avait comme une envie pressante. Je lui ai dit d'aller se cacher derrière un peuplier, la Nature permettait ce genre d'urgence. La jeune femme capta l'air peu enthousiaste d'Eléonore, et lui proposa :

« Entre femmes, je te comprends, ce n'est pas très agréable. Venez à la maison, et je t'offre une orangeade si tu veux ! »

La mine réjouie de ma fille me força à faire fi des politesses, et c'est avec un plaisir non dissimulé que nous nous retrouvons tous trois chevauchant le tracteur et remontant à vive allure les longues et rectilignes allées de vignes. Cette image reste gravée en moi comme le marque-page de mon nouveau destin.

Comment vous décrire, aujourd'hui, de manière objective, ce que j'ai ressenti en ce jour de rencontre avec Fanny ? Je fus instantanément séduit par son allure, mêlant courbes féminines et expressions vigoureuses. C'était une belle femme, blonde, coupe au carré, visage sans artifice mais plein de charme. J'aimais beaucoup le son de sa voix. Une peau pimpante comme une belle pêche gorgée de soleil, reflétant l'énergie que le corps puise lorsqu'il passe le plus clair de son temps au contact des éléments. En guise de « maison » comme elle dit, je découvris ce que moi je nomme communément un château, qui surgit au bout d'une allée de graviers blancs auréolée de massifs en fleurs. Château Montagnac. L'une des plus grosses exploitations viticoles de l'AOC Saint-Emilion. 56 hectares de vignes sous la direction de Fanny depuis que son père prit sa retraite, même s'il aide encore sa fille avec toute l'affection d'un père passionné. Ici on y façonne un vin rouge complexe et souple, prédominé par le merlot, un cépage qui apprécie le caractère frais et humide des coteaux argilo-calcaire de la commune. J'ai eu tout loisir de goûter l'arôme, la force et surtout l'équilibre de leur cru puisque nous avons pris la route du retour qu'à la nuit tombée. Les parents de Fanny nous ont gardés à dîner. Eléonore dormait sur la banquette arrière, je me traînais sur l'autoroute n'étant plus très sûr de mes réflexes… « Le vin est comme l'Amour, il apporte plein d'émotion à celui qui le reçoit ». La citation du père, scandée comme un cheveu sur la soupe au moment du dessert, flottait en moi comme un refrain.

La pause pipi, dont je suis tant redevable à Eléonore, avait duré plus que chacun ne l'aurait cru. Pour dire simple, nous nous étions plu. Le père, la mère, Fanny, Eléonore et moi, une sympathie immédiate s'était instaurée entre nous. J'étais passionné par leur métier qu'ils savaient si bien faire vivre par le récit, et ils l'étaient tout autant par le mien. Fanny rêvait de savoir monter à cheval. Je lui promis de l'initier et de lui faire découvrir à mon tour mon « domaine ». Eléonore avait déjà choisi la jument qu'elle lui ferait monter. C'était une délicieuse journée. Au cours du repas, la chapelle s'invita dans la conversation. C'est Jacques, le père, qui nous conta son histoire. Il y a plusieurs siècles, une source fut découverte. Tout le village aujourd'hui connu sous le nom de Luisseguin se développa autour de cette source. Et la chapelle de la Source fut érigée en son honneur. Le ruisseau, baptisé « ruisseau de Lavy » qui s'écoule sous le petit pont de pierre, a pu donner littéralement vie à la culture de la vigne, dans cette terre sèche et généreusement ensoleillée. Une aubaine pour tous les ancêtres des viticulteurs d'aujourd'hui. On prêta même à cette source des vertus prémonitoires. La légende raconte que les jeunes femmes du village se rendaient chaque année à la Sainte Catherine, en procession, déposer un mouchoir de soie dans le bénitier, celui-là même dans lequel je m'étais rafraichi. Si un coin de l'étoffe sombrait dans l'eau, elles se marieraient dans un an. Deux coins, dans deux ans. Si le mouchoir flottait, imperturbable, elles resteraient célibataires… Voilà au moins une belle anecdote, pensais-je, qui pourrait à merveille compléter la photo de la chapelle de la Source ! Notre rencontre reste une rencontre fortuite et bienvenue aux yeux de tous. Mais à ce moment-là, je n'ai pas osé leur avouer que, pour ma part, ma présence sur les lieux n'était pas due au hasard. Aucun élément n'avait pu éclairer l'étrange apparition de la chapelle dans mon rêve. Je leur fis part de mon souhait, avant de prendre congé, que j'aurais plaisir à l'occasion de visiter l'intérieur de la chapelle. « Cela nous donnera une bonne occasion de revoir la petite », avait prononcé chaleureusement la mère, en embrassant Eléonore comme du bon pain.

Quinze jours plus tard, comme promis, Fanny vint nous rendre visite. C'est avec une grande joie qu'Eléonore et moi l'avons accueillie. Nous lui avons fait visiter toutes les coulisses de notre centre équestre, non sans une certaine fierté. Fanny et moi avons convenu qu'entre s'occuper de pieds de vignes ou d'équidés, il fallait dans les deux cas une bonne dose de don de soi et de privation, de générosité et de persévérance. Des traits de caractère communs et une certaine philosophie de la vie commençaient à se dessiner entre nous. Dans le terreau de nos activités et passions respectives prenaient forme les prémices d'une complicité et d'une admiration réciproque. Et pour parfaire le tableau, nous finîmes dans le cliché suprême de la séduction en trottinant à dos de cheval, aux travers des dunes, jusqu'au point de vue majestueux qui plonge dans l'estuaire, face au Cap Ferret. Si la finalité de mon rêve était de me faire vivre ce moment de grâce, alors je pouvais mourir en paix. Fort heureusement pour moi, l'histoire ne se finit pas ainsi. Après le dîner, dans la tiédeur du soir, Fanny et moi nous ressourcions en silence autour d'un fameux millésime du château, qu'elle avait eu la délicatesse de m'apporter. Fanny prit subitement la parole. « L'autre jour, mon père, toujours très perfectionniste, est allé voir le maire, son ami. En prévision de ta venue pour visiter la chapelle, il voulait se remémorer l'historique du lieu pour te servir au mieux tous ses secrets. Monsieur le Maire est un passionné et connait parfaitement bien l'histoire de sa commune. Il s'est souvenu d'un fait marquant lié à la chapelle. Tu feras semblant d'être étonné si mon père le mentionne, n'est-ce pas... Mais j'ai envie de te le raconter ce soir. En 1700 et quelque vivait un riche baron sur les terres qui nous appartiennent aujourd'hui. Le Baron De Montissour, je crois, maire de l'époque, ou son équivalent, de Luisseguin. Il avait une très belle fille, Marianne, qui faisait battre le cœur de tous les garçons du village. Marianne s'était éprise de Jérémy, le fils du maréchal-ferrant. Jérémy était différent des autres garçons. Poète, romantique, d'une sensibilité qui probablement avait su convaincre Marianne ; elle se nourrissait de ce genre d'humanité. Leur amour ne pouvait vivre au grand jour, à cette époque on ne mélangeait pas les torchons et les serviettes. D'autant plus que son père l'avait promise à un fortuné imbécile qu'elle ne voulait épouser pour rien au monde. Marianne et Jérémy avaient pour coutume de se retrouver dans l'intimité de la chapelle, à l'abri des regards, où ils pouvaient sûrement simuler à outrance leur union devant l'autel. Comme dans les contes qui finissent mal, tu imagines la suite. Le Baron, dans toute sa supériorité, organisa les noces et la maria de force au beau parti. Marianne, pour se venger, au risque d'être déshéritée, dénonça son père. Son père avait secrètement détourné à son profit la source qui irriguait équitablement les différentes exploitations du village. Voilà pourquoi ses vignes poussaient plus vite, et que son raisin était de loin le plus goûteux. Le Baron fut destitué de son titre de maire et la honte s'abattit sur sa famille. Marianne et Jérémy s'enfuirent vivre leur idylle dans la clandestinité et l'histoire ne dit pas ce qu'ils sont devenus. »

Je ne sus quel message Fanny avait voulu me faire passer en narrant cette anecdote douce et amère. L'histoire d'une belle liaison d'Amour ? Un Amour impossible ? Le lourd fardeau qui touche l'ascendance de sa famille ? Conscients soudainement de l'heure tardive et de la route qui lui restait à entreprendre, nous n'eûmes pas le temps de nous perdre dans des commentaires. Fanny, belle comme une Marianne du temps jadis, me laissa un doux baiser sur la joue, qui avait à mon sens bien plus de valeur et de sensualité qu'une bise sur les deux joues. Nous nous dîmes à très vite, en huit, chez elle à Luisseguin.

C'est à ce stade de mon récit que je bloque sur la manière de vous énoncer la suite. Comment me rendre crédible, comment trouver les mots pour décrire l'inexplicable ? Je serai donc le plus factuel possible dans la description de la scène qui va suivre. Huit jours plus tard, Eléonore et moi avons pris la route pour Luisseguin où nous étions attendus pour déjeuner. Eléonore est restée auprès de la mère de Fanny qui avait entrepris de l'initier à la couture.

Fanny m'emmena visiter la fameuse chapelle. Son père, malheureusement souffrant, ne put nous accompagner. Je crois pouvoir dire que nous étions tout émoustillés à l'idée de nous retrouver seuls. Un silence d'or régnait dans les lieux, avec cette odeur caractéristique du vieux bois qui ne reçoit que peu de lumière. Les vitraux se reflétaient dans le chœur dans une pâle décalcomanie et les statuettes bordant la travée s'érigeaient comme une haie d'honneur. Fanny, qui ne s'était rendue que très rarement dans la chapelle, semblait la découvrir autant que moi. C'est alors que je ressentis soudainement comme un étrange étourdissement, je palpais de tout mon corps une énergie qui me transcendait. Sans résister, sans réfléchir, je laissais mes pas remonter l'allée centrale. J'étais comme un somnambule attiré et guidé sans en être conscient. Mon corps se rapprocha de l'autel, une grande table en pierre de taille, effrité par le temps. Il en fit le tour, pour se positionner comme le prêtre prêchant devant ses fidèles. Fanny m'observait, face à moi, circonspecte. Je me baissai et ma main tâtonna le long des blocs de pierres soutenant l'autel. Elle s'arrêta sur un interstice entre deux pierres camouflant un léger creux. Du bout des doigts, je parcourus la cavité. Je sentis un bout d'étoffe, doux, soyeux. Fanny se rapprocha de moi. Ensemble, nous découvrîmes un vieux mouchoir de soie jauni. Etalé sur l'autel, le vieux tissu nous révéla en son centre une émouvante broderie de fil rouge. « M♥J ». Nous nous regardâmes. D'abord l'émotion nous envahît avant de laisser place à l'excitation. Nous avions découvert un véritable trésor, dont on connaissait le secret. Je ne sais plus qui de nous deux a rompu le silence, ni ce que nous nous sommes réellement dit. Nous touchions concrètement du doigt le drame passionnel de Marianne et Jérémy. Il était émouvant d'imaginer ce mouchoir, symbole de leur amour interdit, plongé dans l'eau de source du bénitier, au fil des années, dans l'espoir d'une révélation sur l'union des amoureux. Combien de coins du mouchoir s'étaient enfoncés, selon la légende ? L'oracle leur avait-il parlé ? Nous étions là, Fanny et moi, comme deux gosses ayant regardé par le trou de la serrure une scène qui les marquerait à vie. Fanny posa sur moi un regard empli de tendresse et d'abandon. Elle me prit la main et m'emmena sur le parvis de la chapelle, à l'ombre des arcades. Dans ce silence cérémonieux, l'on pouvait entendre l'eau de Lavy ruisseler sous le petit pont de pierre. Délicatement, elle déplia l'étoffe et la déposa à la surface du bénitier. Un frisson parcourut nos deux mains enlacées. Un coin du mouchoir se laissa fondre dans l'eau. Dans cet élan symbolique plus que rationnel, nous avons sûrement voulu y voir la bénédiction de Marianne et Jérémy.

Trois mois plus tard. Encore un dernier rebondissement, et j'en aurais fini avec mon histoire qui frise, j'en ai bien conscience, l'absurdité, ou la supercherie. Nous avions organisé une grande réunion familiale au château Montagnac. Mes parents rencontrèrent ceux de Fanny pour la première fois. Bien loin des grandes présentations officielles et chargées de solennité pour de jeunes tourtereaux transis, il s'agissait plus d'un moment de convivialité et d'amitié. Fanny et moi souhaitions faire vie commune, c'était une évidence, mais nos activités respectives nous empêchaient pour le moment de nous retrouver sous le même toit. En guise de discours, pour marquer l'évènement, nous avions souhaité formuler à nos familles le grand récit de notre rencontre, y compris la résurgence de la chapelle qui s'était invitée dans mon rêve un beau matin. Point de départ de nos péripéties amoureuses. Fanny, fascinée par cet élément déclencheur, bien qu'un tant soit peu effrayée par toutes situations non maîtrisées et qui la dépassent, avait longtemps cherché un sens à tout cela. Moi, trop heureux de ce dénouement, ne m'attardais pas sur cet enchaînement de faits, certes peu banals, mais sûrement plus rationnels qu'on ne l'imagine. J'ai déjà une méfiance naturelle pour les gens de mon métier qui se disent capable de murmurer à l'oreille des chevaux, alors de là à invoquer des raisons défiant la logique… Bref, nous avons tout relaté à notre assistance médusée comme je le fais à présent en substance pour vous. Une seule fois nous avons été interrompus dans notre exposé épique. Par Jacques, qui souhaitait apporter une correction. Et au final, une précision. Il ne s'agissait pas de Marianne De Montissour, mais Marianne De Montissac. Titre qui devint plus tard, par déformation « De Montagnac » et qui donna son nom au château. En effet, confirma le père, des recherches généalogiques les liaient à cette ascendance, bien que Fanny s'appelle aujourd'hui, moins noblement, Madame Rochebrune. Jacques ajouta surtout la précision suivante. Jérémy Piedfort. Le maire avait mentionné le fils du maréchal-ferrant : Jérémy Piedfort. Ce n'est que quelques semaines plus tard que mon père m'a appelé un soir. Il avait la voix des jours de grande excitation lorsqu'un sujet le tient à cœur. « Dis-donc fiston, je vais t'en boucher un coin. T'es bien assis ? Y'a un truc qui m'avait titillé quand tu nous as raconté ton histoire, avec la Fanny. Ça s'est noyé de manière générale dans ton récit rocambolesque qui nous a tous bluffés. Tu penses, mon fils rêve d'une chapelle, il la retrouve, il découvre au radar un bout de chiffon vieux de plusieurs siècles, et en profite pour tomber amoureux… Y'a de quoi se taper le cul parterre ! Mais ça m'est revenu plus tard. Piedfort. Je savais que ce nom me disait quelque chose. Je suis allé voir ton oncle Jean, tu sais, y'a une époque il s'était lancé dans l'arbre généalogique de la famille. Et bien figure-toi, on a retrouvé un J. Piedfort, né en 1736, à Libourne. C'est quand même qu'à 15 km de Luisseguin. J. Piedfort, fils de B. Piedfort, artisan. Ça se pourrait bien que ce fils de ferreur de chevaux soit comme qui dirait un de tes ancêtres… ».

Voilà. Vous en savez autant que moi. Je ne sais combien de lecteurs incrédules j'ai pu perdre en route. Les autres arriveront sûrement au même postulat que Fanny et moi. Une force innommable, impalpable, inqualifiable m'a fait cheminer vers cette chapelle. Et m'a poussé dans les bras de Fanny. Pour que l'on se rencontre. Pour que l'on s'aime. Pour que l'on redonne une chance à un amour déchu, en resurgissant dans notre sang des années après. Comme une source rejaillit un jour, ailleurs. Pourquoi moi ? Pourquoi à ma génération ?

Mes aïeuls sont-ils passés à côté de ce rêve sans chercher à l'interpréter ? Ai-je été plus perméable à la suggestivité de ce rêve ? Nul ne le saura. Mais sans en être hanté ou possédé, j'aime à croire que les esprits de Marianne et de Jérémy ont galopé à travers les âges jusqu'à trouver la brèche qui s'est offerte en moi Moi, Philippe. Issu du verbe grec philein, aimer, et hippos, le cheval… Et en Fanny. Qui signifie libre.

Cette histoire, je la couche aujourd'hui sur le papier. Ces évènements se sont écoulés il y a un peu plus d'un an. Je l'écris vite avant qu'une autre histoire ne prenne le pas. Qui me concernera, ou pas. Je ne sais pas encore. Je ne crois pas que je sois impliqué cette fois-ci. Il y a quelques jours, le téléphone a sonné. Un Monsieur a souhaité me parler. En s'excusant par avance de l'incongruité de sa question. Il souhaitait savoir s'il y avait au fond de ma propriété, derrière la grange orangée dans laquelle je stocke le foin, un vieux puits de pierre, d'environ 1. 50m de diamètre, protégé de la poussière ou de la pluie par un cône en fer forgé, sur lequel était fixée une girouette en forme de mouton. Ce puits tout rouillé et désaffecté trône en effet au bout de mon terrain.

« Votre rêve est réel », lui ai-je dit.

Je ne sais quel esprit il remontera du fond de ce puits.

Un acte manqué

Les premières notes synthétiques et angoissantes de Missions Impossible retentissent et le font, comme à chaque fois, sursauter. Ce sont ses enfants qui lui ont programmé cette sonnerie, et ne sachant trop comment farfouiller dans les options, il la subit par dépit Le temps de retrouver son manteau, noyé sous les cirés jaune et rouge des jumeaux, il met la main dans la poche gauche et s'empare de son maudit téléphone.

Immédiatement, il réalise. Comme pris sur le fait, machinalement il se retourne, la mine pâle et le regard soudainement crispé. Thomas constate avec soulagement que personne ne traine dans les parages. Des murmures d'enfants émanent de la salle de jeux et sa femme doit être dans le bureau. Tout en fixant l'écran, ses pas le dirigent furtivement dans le petit salon, à droite du hall d'entrée. Du dos il repousse la porte et s'y accole. Le sang afflue dans ses tempes comme après une ascension en altitude. Plongé dans l'obscurité de ce refuge, le rétro-éclairage de l'écran met furieusement en relief le numéro entrant, qui se jette à sa figure et le prend à la gorge. Dehors, par la fenêtre, le marronnier ploie violenté par le vent automnal et fait danser les ombres sur les murs capitonnés.

Ce numéro, du premier coup d'œil, Thomas l'a reconnu. Il a réfuté d'emblée le message « Inconnu » juxtaposé au-dessus. Bien souvent l'on regarde d'abord les quatre derniers chiffres. Et lorsqu'en plus, la règle mnémotechnique est simplissime, la suite des nombres est facilement reconnaissable.

« Ain Paris-Brest s'il vous plait »… Bon sang, ça colle. Sans effort et sans résistance, comme une odeur familière de l'enfance qui s'inviterait sans préavis, alors que la mélodie impétueuse attaque à présent les notes aigues emplies de suspens, la madeleine de Proust entame son travail de résurgence.

Anna. Pourquoi Anna tente-t-elle de le joindre aujourd'hui. A cette heure, où les fins de week-end se veulent plutôt familiales et paisibles. Anna est un nom qui remonte à plus de 15 ans. Un nom qu'il n'a plus prononcé depuis si longtemps, même mentalement. Anna dont il ne sait plus rien, et ne veut plus rien savoir. Anna, qui a dû prendre un coup de vieux, comme lui, et il serait donc si vain de vouloir renouer, prendre des nouvelles, marquer de l'intérêt comme d'un simple clic sur Facebook…

La sonnerie continue en quelques notes d'ajouter un stress supplémentaire à l'atmosphère soudain saturé de la petite pièce. Comme si l'appel allait au bout du compte faire exploser le téléphone. Thomas, coincé dans sa stupéfaction, n'a même pas l'idée de lui couper le siffler en la passant au moins sous silence. Il reste béat et gauche avec l'appareil sous les yeux, dans cette attitude qui caractérise l'homme perdu dans ses pensées. Anna appelle de la ligne fixe de sa maison de Rambouillet. Enfin celle de ses parents. C'est ce numéro qu'il a reconnu, resurgi comme par magie du fond de sa mémoire, et pour cause, il l'a composé des centaines de fois. A l'époque…

A l'époque où elle était tout pour lui. Et qu'elle le lui rendait si bien. Un amour fou où les promesses fusent puisqu'elles n'engagent que l'aveuglement et la naïveté des amoureux. Rieuse, malicieuse, brillante, Thomas se rappelle comment il avait eu gain de cause de sa séduction effrénée pour conquérir la belle Anna, convoitée par tout le milieu étudiant pseudo-artiste qu'il fréquentait à la fac. Leur flirt était devenu légitime, un couple apprécié si ce n'est envié aux yeux de tous.

« Mais à quoi s'attend-elle en m'appelant comme ça ? Que je décroche sur le champ, en criant, euphorique, devant femme et enfants, Anna, quelle surprise, ça fait un bail, quelle belle surprise ? … » Thomas enragerait presque d'être ainsi confronté à une intrusion qu'il ne désirait pas. Non pas qu'il soit encore meurtri, ou amer, ou rancunier, mon dieu pour cela il y a prescription. Mais il n'y a réellement plus de place dans sa vie, ni même l'once d'une envie de regarder par le judas – le terme est bien approprié pense-t-il – quel pan de nostalgie vient frapper à sa porte. Ah ça non, il ne décrochera pas.

Cela le fait tout de même sourire d'imaginer Anna de l'autre côté de la ligne. Il superpose une image d'elle, de dos face à la mer, non loin du chemin côtier de la ville d'Adélaïde, dans le sud de l'Australie. Aidés par leurs parents, et par le fruit d'une épargne scrupuleuse durant presqu'une année, ils avaient réalisé dans l'été de leur vingt ans le voyage de leur rêve. Une idylle d'amoureux baroudeurs à l'assaut des terres australes. Thomas se souvient d'y avoir ressenti un immense bonheur, en contemplant la silhouette d'Anna, transcendée par le romantisme d'un soleil rougeoyant sur un bout de plage esseulé. Dans cette fin de séjour, Anna venait de lui glisser qu'il avait passé le test des vacances avec brio, et qu'il était le genre d'homme qu'elle pouvait supporter à la longue… A demi-mot, Thomas avait compris qu'Anna occuperait ses plus fous projets d'avenir.

La sonnerie entame son deuxième passage lorsque Thomas imagine subitement qu'Anna tente peut-être de l'informer d'une triste nouvelle, en appelant ainsi de sa maison familiale. L'un de ses parents venait-il de disparaître ? Il est vrai qu'il avait été très attaché à sa mère, qui plus que l'amant de sa fille ou un futur gendre, voyait en lui un fils qu'elle n'avait pas eu. Lorsqu'Anna l'avait quitté,

Thomas était allé plusieurs fois s'épancher auprès d'elle comme si elle avait le pouvoir d'annuler ce cataclysme. Bien qu'extrêmement attristée et contrariée par la situation, cette mère avait eu l'intelligence de ne pas interférer dans les décisions de sa fille. Thomas eut toute la peine du monde à l'admettre. Pour finalement se résigner à cette double rupture, douloureuse.

Thomas ressent une vague d'émotion à l'évocation de cette période de sa vie où son âme et son cœur avaient sombré dans un puits de tristesse qu'il imaginait sans fond. Puis le corps s'habitue à tout, et cicatrise, tout comme un arbre refleurit de bourgeons après la trêve hivernale qui le laisse pour mort. Après l'Australie, Anna avait intégré une prépa HEC tandis que Thomas décrochait un stage dans un cabinet d'expert-comptable. Bien que stimulant les premiers temps, ce changement de situation et l'éloignement géographique du couple ont mis subrepticement de la discorde entre eux. Et inévitablement, la jalousie et les procès d'intention ont pris plus de place que la consolidation de leur complicité. Anna, dans un acte de provocation, d'insouciance dira-t-elle, avait succombé aux bras d'un autre, l'opposé même de Thomas. Ce furent la déchirure, l'impasse, la trahison, irrémédiables.

Cette sonnerie ne finira donc jamais. Un brin de curiosité envahit tout de même les pensées de Thomas. Bien qu'en cas d'évènements graves, Anna aurait eu la délicatesse d'envoyer un mot plutôt que de réapparaitre sans crier gare dans un coup de fil, juge-t-il. C'aurait été un acte maladroit si par mégarde elle était tombée sur la femme de Thomas. Non pas que le sujet « Anna » soit tabou dans son couple, mais on ne peut pas dire que sa femme la porte dans son cœur. Leur rencontre avait été hantée par cette ex qui tentait régulièrement de se faire rappeler au bon souvenir de Thomas. Naïf, conciliant, Thomas était foncièrement prêt à considérer Anna comme une simple amie. L'instinct féminin est cependant bien plus clairvoyant et rationnel que celui de l'homme. Quoiqu'on en pense, une ex ne peut être une amie comme les autres. Par lucidité, respect et velléité d'éviter toute embrouille dans sa nouvelle histoire prometteuse, Thomas avait rompu toute relation avec Anna. C'était mieux ainsi.

Aujourd'hui, quand il jauge le chemin parcouru et sa cote d'épanouissement, il remercie le ciel que ce n'en fut autrement. Un mal pour un bien comme on dit. Ou le destin, songe-t-il en suivant du regard une bogue qui à l'instant même se détache du marronnier.

Thomas voit soudainement la situation sous un autre angle. Et si c'était les parents d'Anna qui tentaient de le joindre pour lui annoncer une mauvaise nouvelle concernant leur fille ? Cet aspect-là le fit douter de son indifférence. D'un geste rapide et nerveux, il tente de prendre l'appel. Trop tard. Le répondeur a dû finir par s'enclencher. Fébrile, il attend quelques secondes avant de le consulter.

« Thomas ? Bonsoir, c'est Anna ». Malgré lui, il ne peut réprimer un frisson en entendant cette voix oubliée. Le ton est calme et posé, précautionneux, masquant un léger malaise.

« J'ai bien eu ton message. J'avoue avoir été très étonnée. Ecoute, pourquoi pas… Mais pas cette semaine, j'ai mes enfants. J'espère que tu vas bien… enfin, bon, tu me raconteras…

Je t'embrasse. »

D'abord estomaqué, Thomas reste abruti par ce message qu'il ne saisit pas. Mais très vite, il est pris d'un doute et craint de comprendre. Thomas consulte ses éléments envoyés. Sur l'écran apparait en tête de liste un message pour « Adélaïde », posté hier à 17h32. Il relit son contenu, conscient d'y trouver ses propres mots.

« Salut. Besoin de te parler. Je suis pris d'un gros doute. On peut se voir ? Ou appelle-moi quand dispo. Bises, Thomas. »

Thomas rit jaune et machinalement se passe la main dans les cheveux en se grattant la nuque. Voilà une belle boulette, pense-t-il. Ce message, dont la suggestivité est odieuse, n'était bien évidemment pas destiné à Anna. C'est Bérangère qui aurait dû le recevoir ! Il souhaitait solliciter son avis et ses conseils pour un changement de poste qu'il n'était pas si sûr de vouloir accepter. Plus de responsabilités, une augmentation de salaire à la clé, mais un engagement et une implication qui sacrifieraient sa qualité de vie et le temps à consacrer à sa famille. Après en avoir débattu avec sa femme, Thomas avait ressenti le besoin de se confier à Bérangère, sa collègue, mais avant tout, son amie.

En sélectionnant le destinataire, Thomas s'était indéniablement trompé. Il y a très longtemps, pour marquer sa bonne foi, Thomas avait supprimé le portable d'Anna de son répertoire. Piteusement, Il l'avait recréé sous le nom d'Adélaïde… Il ne saurait expliquer ce comportement, la crainte sûrement de rayer symboliquement des souvenirs qui pourtant étaient siens. Il n'y avait aucune mauvaise pensée derrière ce geste, il ne comptait certainement pas l'appeler en cachette. Un geste qu'il considère aujourd'hui comme complètement immature, et malhonnête.

« Tu as reçu un appel, chéri ? J'ai entendu ton téléphone sonner.

Sa femme entre dans le petit salon, allume la lumière et trouve Thomas accroupi, la tête basse, le téléphone dans les mains.

– Oh, encore de la pub pour l'ADSL… Aïe mes courbatures… Qu'est-ce que tu veux que je prépare pour le dîner ? … »

Plus tard, Thomas se demandera si ce ne serait pas finalement l'opportunité de reprendre contact.

Révélations

Le fracas des vagues se fait déjà entendre à cent mètres du promontoire. Le jour semble vouloir percer. Pour l'heure la nuit résiste en maintenant sa pénombre. Un rideau de brume pèse sur les bouquets de bruyère qui frémissent et s'égouttent au frôlement de Marc. Noyé dans cette lumière grise, Marc avance à petits pas sur le chemin caillouteux qui monte en pente douce jusqu'au sommet du cap. Il chemine, éperdu, vers l'impasse de sa vie.

Marc n'a pas dormi. Qu'importe à quelques heures du repos éternel. Marc n'a rien mangé. Nul besoin de partir l'estomac plein. Tout juste a-t-il bu de l'eau. Pour garder la tête froide. A 29 ans, il n'a plus l'énergie nécessaire pour voir défiler les années. A l'horizon, aucune promesse, aucun déclic qui pourrait inverser le déclin de son existence.

Marc a passé la nuit à écrire. A décrire, plus précisément.

A la lueur d'une lampe à pétrole, Marc a ressorti dans le faible encombrement du salon, toutes ses toiles, tous ses tableaux. Plus de dix ans de création, plus de cent œuvres à commenter. Sa source d'inspiration, Marc la puisait dans les paysages tortueux de la côte bretonne qu'il côtoie depuis sa prime enfance. Les changements infinis de lumière, au fil des saisons, lui donnaient chaque jour une vision nouvelle de ce morceau de terroir qu'il contemplait inlassablement. C'est cela qu'il a tenté de retranscrire sa courte vie durant, armé de son pinceau, sa brosse, son couteau. Le temps qui passe face à l'immuabilité des lieux. La rugosité de la peinture à l'huile de noix qu'il confectionnait lui-même lui permettait de jouer sur les reliefs et de modeler les teintes à sa guise en mélangeant les pigments de couleurs. Un art descriptif proche de la nature morte, mais au sujet on ne peut plus réel, et vivant.

La particularité de son dessein artistique tient en deux principes qu'il a, à quelques écarts près, toujours tenu. Marc délimite le panorama qu'il souhaite « prendre en peinture » en positionnant un cadre nu sur un tréteau. A travers cette fenêtre symbolique, généralement ouverte sur un coin de terre plongeant sur un coin de mer, il peint la vision romantique de sa Bretagne du Nord. Marc repère précisément l'emplacement et la position du tréteau. Il peut ainsi décliner fidèlement le même tableau sous quatre ambiances différentes, revenant sur les lieux de son cliché à chaque changement de saison. Le ciel, la flore, la roche, les mouvements de l'océan confèrent à la scène des divergences détonantes lorsque les quatre productions saisonnières s'exposent côte à côte. La nature et les éléments dans toute leur splendeur.

L'autre signe distinctif de sa peinture provient d'un clin d'œil de l'artiste. Dans chacune de ses toiles, Marc camoufle discrètement dans un élément du tableau, le visage d'une femme. Tantôt dans un nuage, tantôt dans l'écume d'une vague, dans un rocher ou un reflet… Comme un jeu. Comme une dédicace à un amour refoulé.

Marc n'a pas connu le succès de son vivant. Sûrement n'a-t-il pas su s'y prendre, attendant que la reconnaissance vienne à lui plutôt que de la provoquer. Comme bien d'autres artistes, d'autres génies, dont le talent n'a été reconnu qu'à titre posthume, il a le sentiment que son heure de gloire ne viendra sur cette terre que si lui n'y est plus. Maigre consolation que de puiser son seul réconfort dans ce statut d'artiste incompris, lorsque l'œuvre et le talent d'un seul homme ne peuvent coexister dans le même espace-temps. Si seulement il avait pu tenter sa chance à Paris, véritable lieu d'expression culturelle… Il n'avait jamais pu se résoudre à quitter sa mère malade, elle avait tant besoin de lui depuis la mort de son mari. Le père de Marc, pêcheur comme la majorité des gars du village, avait disparu en mer, la nuit du 3 Juin 1898. La mer était pourtant calme, son père avait pris le large malgré le jour de repos de l'équipage. Marc n'était pas dupe. L'accident involontaire était plausible, mais Marc devinait que son père avait sciemment quitté le navire… Pour une raison que sa mère et lui n'avait pu clairement identifier, ils le savaient en pleine dépression. La mère de Marc, choquée et démunie à la disparition de ce chef de famille aimé, avait alors brutalement sombré dans une douce folie, requalifiée en véritable démence quelques années après. Un soir, à l'insu de Marc, elle est allée rejoindre son amour dans les eaux violentées de la côte, dans un dernier geste de désespoir mais libératoire. Pas étonnant que Marc soit ce jour habité des mêmes ténèbres et d'une envie irrépressible d'en finir aussi radicalement que violemment.

Perché sur les hauteurs, Marc s'arrête un instant et se retourne. Emu, il pose un temps les yeux sur son village paisible et endormi, malgré des premières lueurs s'échappant déjà de certaines chaumières. D'ici il peut même apercevoir le toit de sa propre maison, un peu à l'écart des autres. Il sourit en imaginant la pile de papiers noircis de notes, laissée bien en évidence sur la table de chêne. Il a passé deux jours deux nuits à recenser tous ses tableaux en annotant les lieux, les époques et ses impressions, qu'il soumet ainsi à la postérité. En guise de dernières volontés, Marc a clairement écrit qu'il léguait la jouissance de sa maison aux bonnes œuvres, en échange d'une exposition en gare de Paimpol. Le temps peut-être d'être repéré par un marchand d'art en provenance de la capitale.

Marc s'engage dans le dernier lacet, royalement encadré par des blocs de granit roses, avant d'arriver, il le sait, sur le replat qui le séparera de l'abîme. Quelques enjambées, puis ce sera le lâcher-prise. Marc, à peine essoufflé, semble serein. En habit du dimanche, vêtu de sa belle redingote noire, s'appuyant sur sa canne pour soutenir sa jambe accidentée de naissance, il avance, sans réfléchir, réconforté par la sollicitude de ce petit matin frais qui l'entoure, bienveillante, dans sa solitude. Aussi est-il subitement hébété lorsque, incrédule, Marc découvre une silhouette de dos, face à la mer, raide et immobile, perchée sur un rocher. Frêle équilibre. Aussi surprenant que cela puisse paraître, la place est prise.

« Vous en avez pour longtemps ?

– Vous êtes fou ! Vous avez failli me faire mourir de peur…

– Vous auriez ainsi libéré la place

– Laissez-moi tranquille, enfin !

– C'est que j'étais sur ma lancée…

– Eh bien, patientez, j'étais là la première

– Je peux vous aider si vous voulez

– N'approchez pas ! Ne me touchez pas !

– Alors dépêchez-vous, vous allez me faire rater la marée

– Vous pensez qu'à marée basse, on peut se louper ?

– Visez les rochers pour en être sûre !

– Ah non, je veux me noyer dans les remous, pas me briser comme une pierre

– Moi de même.

– Je fais ce que je peux, ne me déconcentrez pas.

– D'accord, je me tais. »

Marc enrage. Il n'avait vraiment pas imaginé faire face à ce cas de figure incongru, ni tenir ce genre de dialogue absurde. « Mais que vient-elle donc faire là cette bonne femme, bon sang ! ». Marc, tout en restant silencieux, observe la candidate. Elle semble jeune, du moins plus que lui. Elle parait belle, mais il ne distingue pas nettement ses traits. La jeune fille, de peur de perdre involontairement l'équilibre, ne s'est pas encore retournée. Seuls ses cheveux fins et longs vont et viennent balayant comme d'un coup de pinceau animé par le vent ses épaules fragiles. Marc ne sait que faire. Résolu à en finir au plus vite, il ne tient quand même pas à pousser la demoiselle. Quelle poisse !

« Bon, on n'est pas à cinq minutes près au fond. On peut discuter ?

– A quoi bon !

– Nous risquons de partager le même bain, créons un peu d'intimité ! »

La boutade, après un court instant de silence, la fait subitement rire aux éclats, de bon cœur à moins que ce ne soit les nerfs qui lâchent. Elle se retourne, descend du rocher et retrouve pieds sur le sol, face à Marc.

« Sophia ? »

Le nom est parti tout seul, comme le réflexe rotulien lorsque l'on frappe le genou. Marc s'était toujours demandé s'il reconnaitrait le visage de Sophia, Sophia Kernec, s'il lui était donné de la retrouver. Vingt ans d'absence peuvent-ils estomper un tel souvenir ? Peut-on instantanément transposer le visage d'une petite fille de neuf ans dans celui d'une femme devenue adulte ? Ces yeux verts, grands comme ceux d'une poupée de cire, cette forme des lèvres qui semblent laisser échapper un léger o, ces petites taches de rousseur discrètes de part et d'autres d'un nez sans défaut, quoique bien plus nombreuses que dans son souvenir, lui laissent présager qu'il se tient face à Sophia. « Marc, c'est moi Marc, tu te souviens de moi ? » lance-t-il pour combler son absence de réaction. Un temps, puis la jeune femme pousse une légère exclamation, prononce « Marc » dans un profond soupir, avance d'un pas, se jette dans ses bras et éclate en sanglots. Un cri de mouette fend le souffle du vent, un rayon de soleil perce à l'horizon et Marc, joue contre joue, absorbe de tout son être le désespoir qui émane de son amie d'enfance. Le parfum de ses neuf ans lui revient en mémoire. Les inséparables, les petits fiancés, les Roméo et Juliette comme on les surnommait. Ils partageaient tout et passaient le plus clair de leur temps ensemble. Même âge, toujours complices, même folie, peu leur importait les petits tracas de la vie tant qu'ils pouvaient compter l'un sur l'autre. Sophia, à la différence de Marc, vivait dans un doux confort. Fille d'un riche négociant, elle revêtait de belles robes chatoyantes qui lui donnaient des allures de princesse, et avait trouvé en

Marc son fidèle chevalier servant, faisant fi de son côté débrayé et de son langage rural. Un été, de retour de vacances, le cœur bondissant, Marc court retrouver sa Sophia. A sa grande surprise, il trouve portes et volets clos. La famille Kernec avait subitement disparu et quitté le village. Nul ne sut où ni pourquoi. Marc restera à jamais meurtri par cette séparation sans explications, tout en gardant espoir qu'un jour Sophia lui revienne, ou à défaut se manifeste. Son côté sombre s'empara de lui en cet instant pour ne plus le quitter.

Figés sur la falaise, on pourrait croire de loin à la vision romantique d'un couple amoureux se promettant, fusionnels et émus, mille serments d'avenir. C'est pourtant le chagrin qui contraint Marc et Sophia à s'asseoir pour retrouver leur esprit.

« Que fais-tu là Marc ? As-tu réellement l'intention de… ?

– D'en finir oui, soyons clairs. Je quitte la vie par lâcheté. Et pour d'autres fausses bonnes raisons. Mais je voulais surtout fuir avant d'oublier ton visage, qui s'estompait jour après jour un peu plus de ma mémoire. »

Elle lève les yeux vers lui, ragaillardie. Marc poursuit.

« Sais-tu que je ne fais rien d'autres de mes journées que de chercher à te faire revivre dans ces paysages et terrains de jeux que nous épuisions jadis ?

– De quelles manières ?

– Depuis que tu es partie, ne pouvant te retrouver, je t'ai donc peint. C'était ma thérapie pour combler ma peine… Sophia, pourquoi ? … Pourquoi tout ce temps sans nouvelles ? … Mais que fais-tu donc là toi aussi, à courtiser le vide ? »

Sophia lève doucement ses mains pour effleurer le visage de Marc et planter son regard dans le sien.

« Regarde-moi bien, Marc. Je ne suis pas Sophia. »

En laissant retomber ses mains, Marc s'aperçoit qu'elles sont tâchées de rouge.

« Je ne suis pas Sophia. Je suis Marie. »

Marc met du temps pour réagir. Ses pensées s'entrechoquent et le font vaciller.

« Tu ne te souviens sûrement pas de moi, mais je suis…

– … la petite sœur de Sophia. Marie… » répond Marc, étourdi, tout en plongeant dans ses lointains souvenirs pour se remémorer la présence de ce poupon qui faisait la fierté de sa grande sœur Sophia, et qui lui ressemblait tant.

Un silence gênant s'installe où chacun tente d'analyser la teneur de la situation. C'est finalement Marie qui rompt les tergiversations intérieures de Marc pour lui apporter les explications attendues.

« Sophia m'a beaucoup parlé de toi. Je ne pensais pas que l'on se rencontrerait un jour, encore moins dans ces circonstances. Tu as beaucoup compté pour ma sœur, elle n'a eu de cesse de penser à toi et aurait aimé te faire signe. Mais des évènements majeurs ont eu lieu et ont brisé sa joie de vivre, son équilibre, son insouciance. Elle n'a plus jamais été la même depuis cet été 1880 où ma famille s'est exilée brusquement. J'étais encore petite à l'époque, je devais avoir dans les 3 ans, et tout a basculé pour moi aussi.

– Mais diable que s'est-il donc passé ? interrompt Marc calmement, le visage grave pointé vers l'horizon bleu marine.

– Je me doute qu'aucun villageois n'a été mis au courant. Nous avons dû quitter les lieux dans la honte, le silence et la haine. Un matin, mon père avait chargé Sophia d'aller porter un pli à Monsieur le Maire. C'était Monsieur Brugnon à l'époque. Sophia y est allée gaiement, ravie d'être en âge de rendre service. Le Maire lui a demandé de le suivre dans l'antichambre de son bureau, pour lui offrir une orangeade bien méritée. C'est alors que ce gros dégueulasse, ce soulographe, l'a abusée. Sophia a subi des attouchements et a été contrainte de faire des choses que je n'ose même pas répéter. Evidemment, Brugnon lui a dit de ne rien dire, que ce serait leur petit secret… Sophia, choquée et en pleurs, s'est empressée de tout raconter à mes parents. Mon père a filé voir le Maire. Brugnon, au lieu de nier, l'a menacé. En gros, il s'arrangerait pour ruiner les affaires et la réputation de mon père s'il attentait quoique ce soit à son égard. Passant outre l'avertissement, mon père est allé voir le chefbrigadier. Manque de chance, ces deux-là étaient complices et partageaient sûrement la même perversité. Le brigadier a menacé mon père de l'inculper pour n'importe quelle fausse bonne raison si un scandale éclatait. Écœuré mais souhaitant surtout mettre sa famille à l'abri, mon père nous a fait quitter le village précipitamment. Pour ne plus jamais y revenir.

– C'est abject… Incroyable… si je m'y attendais… Marc parle péniblement, il accuse le coup. Et où êtes-vous allés toutes ces années ?

– On est descendu du côté de Bordeaux, mon père y avait des attaches. Je te passe les détails mais nous avons dû repartir de zéro. Ce fut très dur. Et Sophia n'était plus que l'ombre d'elle-même, elle n'avait plus goût à rien et s'est sentie coupable de notre situation. Comme si c'était à cause d'elle, par sa faute… Impossible de la raisonner, de remonter la pente…

Marc sent l'émotion submerger la jeune fille. Il craint d'entendre ce qu'il ne souhaite pas apprendre…

« Et quelques années après, enchaîne Marie en se maîtrisant, Sophia a mis fin à cette torture mentale… Pendue. »

Fermant les yeux, la bouche crispée, Marc prend spontanément Marie dans les bras et la serre fort, chacun dans les images et la représentation que cette situation évoque.

« Personne, au sein de ma famille, n'a pu réellement se remettre de cet évènement. J'avais huit ans à l'époque. A 17 ans, j'ai senti que je devais m'en sortir par moi-même. Quitter cette tristesse ambiante et pesante si je voulais faire quelque chose de ma vie. Je suis montée à Paris.

– Qu'as-tu donc fait ? Tu t'en es sortie ?

– Tu crois vraiment que je serais sur ce bout de falaise si je m'en étais sortie ?

– Excuse-moi… je t'écoute. »

Marie lui explique, gênée, qu'il n'y a pas mille solutions quand on veut survivre à Paris et qu'on n'a pas le sou. Elle a pu intégrer un cabaret où ils cherchaient des danseuses, à Pigalle, le genre de cabarets plus ou moins fréquentables mais qui tournent bien… Attention, ce n'était pas une fille de joie ! Simplement un peu dénudée pour répondre à la demande et conserver sa place… Rapidement la vie de la nuit est devenue son univers, en vivant au sein d'une communauté d'artistes bohèmes, certains bourrés de talent, d'autres bourrés tout court ; moins recommandables mais somme toute attachants. Tant est si bien que l'un de ces trublions est sûrement le père de l'enfant qu'elle abrite dans son ventre…

« Marie, tu es enceinte ?

– Un docteur me l'a confirmé. Mon père mourrait de honte s'il l'apprenait… On a mis un certain temps pour faire sauter nombres de verrou hérités de notre éducation bourgeoise d'antan, il a bien fallu s'assoir sur nos principes pour ne pas crever la bouche ouverte… Mais sa fille, désormais unique, qui porte un enfant bâtard, ah ça non, il ne me le pardonnerait pas.

Marie éclate de nouveau en sanglot, pleurant sur son sort et le mélodrame de sa vie. Marc commence à comprendre le désarroi qui l'a poussé à monter jusqu'ici Encore que, pourquoi vient-elle de Paris pour se jeter précisément de cette falaise, se demande-t-il. S'apprêtant à la questionner, il se focalise sur les tâches rouges en pâles trainées qui parsèment les mains de Marie, repliées sur son visage. « Mais c'est du sang », lâche-t-il !

« Mais que crois-tu que je suis donc venu faire ici ? hurle Marie, hystérique. Te retrouver ? Retrouver les terres de mon enfance ? Mais non, voyons ! Je suis venu venger ma sœur, ma sœur chérie bien sûr, qui me manque tant. J'ai toujours voulu aller de l'avant, j'ai mis une chape de plomb pour enfouir cette histoire qui a ruiné ma vie, mes parents et tout espoir de légèreté. Je suis restée longtemps sourde à l'appel de mon cœur qui criait vengeance. Puis un jour, tout est remonté à la surface. Il fallait qu'Il paie. Je porte un enfant que je ne vais pas pouvoir mettre au monde à cause de Lui ! Il fallait que je le retrouve et que je le tue ! De mes propres mains. Et c'est ce que j'ai fait.

– Ne me dis pas que…

– Oh que si… Quel plaisir j'ai eu de voir la peur dans ses yeux. L'ordure. Il m'a même supplié figure-toi, il m'offrait toute sa fortune si je le laissais sauf. Mon seul regret est d'avoir autant attendu avant de le crever, ce chien. Sénile, ce n'était plus qu'un vieux porc sénile que j'ai retrouvé, mais qui aimait encore la chair fraîche. J'en étais sûre. Je l'ai aguiché dans un bar et il m'a proposé de me payer grassement si je le suivais. Oh oui, je l'ai suivi. Et je lui ai demandé s'il se souvenait de Sophia, la jolie petite fille ingénue qu'il avait brisée. Et de mon père qu'il avait anéanti. A son regard, j'ai bien vu qu'il comprenait. J'ai sorti mon couteau, et je l'ai saigné. Qu'il aille en enfer ! »

Marc suffoque. Cette histoire lui tourne la tête et lui donne la nausée. Il s'écarte quelques instants, et machinalement monte sur le gros rocher pour chercher des yeux l'horizon. Stoïque, appuyé sur sa canne, face au vide, dos à Marie, il contemple. La brume se dissipe et l'on distingue mieux les pourtours de la côte. Il ne sait même plus ce qu'il fait là, ce qu'il est venu faire là. Dans la vision du paysage qui s'offre à son regard, comme sur un tableau qu'il aurait peint, apparait en filigrane le visage enfantin de Sophia.

Combien de temps s'est-il ainsi écoulé ? Une poignée de secondes, quelques minutes ? Marc se retourne, descend du rocher, et cherche la silhouette de Marie. Elle n'est plus là.

« Rodolphe ! Rodolphe !

Hé, Rodolphe, t'es sourd ou quoi, tu rêves ?!

– Hein ?

– Dépêche-toi, on retourne au bus, la maîtresse te cherche partout… Tu vas te faire engueuler, comme d'hab…

– Bah, ça va, j'arrive… Et attends, t'as vu ce tableau ?

– J'en peux plus de toutes ces croûtes, alors si tu veux bien, on se casse. Viens on va se fumer une clope dehors, je tiens plus… »

Et Rodolphe, élève de 3e au collège Alain Fournier, à Orléans, réputé comme cancre et imperméable à toute forme de culture ou d'apprentissage, vient de prendre sa première claque artistique, en restant bouche bée, au musée d'Orsay, devant le tableau « Le promeneur au-dessus des brumes », de Caspar David Friedrich.

Sonné, Rodolphe suit son camarade, un léger sourire aux lèvres. Il vient de prendre conscience de deux choses.

La puissance de l'Art. La perception de sa sensibilité.

Rodolphe ne sera plus jamais le même. Rodolphe deviendra quelqu'un de bien, quelqu'un de grand.

Table des matières

Achevé d'imprimer en octobre 2013 par LEN S.A.S. – 92150 Suresnes
Dépôt légal : octobre 2013
Imprimé en France